不念过往 不畏将来

冷馨莹 著

中国工人出版社

Contents

目录

林徽因｜好姑娘能在爱情里光芒万丈

女人想拥有幸福的爱情或者婚姻，一定要有驾驭自己人生的能力，让自己活得精彩，才会有人来好好爱你。

01

如果有一个男子狂热浪漫地追求你，但他的职业是诗人，你会答应吗？

我在上班的时候，收到旁边的同事小黎悄悄发来的微信。

我微微一笑。最近，确实有一个颇具诗人气质的斯文男隔三岔五到公司送花、送点心给小黎，撩拨得她心花怒放。

小黎对此男印象极好，认为他温文尔雅、谈吐不俗，但得知他只是赋闲在家写诗，并没有正式工作时，小黎犹豫了。

“他有很炙热的情感，会写优美的诗歌，会说动听的情话。”小黎停顿了一下，“可这真的是爱情吗？”

我想，并不是每个女子都聪慧如林徽因。

当年，这个“集智慧与美貌于一体”、号称“民国第一‘女神’”的女子，面对才子徐志摩发起的猛烈攻势时，克制住自己的情感，理智地选择退出。

因为她知道，自古才子多薄情。

多年以后，林徽因回忆陈年往事时，对自己的儿女说：“徐志摩当初爱的并不是真正的我，而是他用诗人的浪漫情绪想象出来的林徽因，而事实上我并不是那样的人。”

女人越理性，活得越高级。

睿智的林徽因，洞若观火地读懂了情感，看透了人性，理顺了人生，最终成了一位风华绝代的传奇才女。

她，活出了让许多人羡慕的样子。

02

时光倒回到1920年。

英国，伦敦。

花季少女林徽因第一次遇见24岁、年少有为、风度翩翩的诗人徐志摩。彼时，徐志摩已颇负盛名，已婚并育有一子。

对婚姻不满意的徐志摩选择了逃离，来到伦敦。

在最适合发生爱情的康桥边，徐志摩果然邂逅了心目中的“女神”——林徽因。

年仅16岁的林徽因，有着清秀的容颜、淡雅的气质，在伦敦圣玛丽学院读书，说得一口流利的英文。

与被徐志摩认为没有见过世面的张幼仪相比，林徽因让徐志摩一见倾心、魂牵梦萦。他开始倾尽才华，将一首首滚烫热烈的情诗献给“女神”。

最脍炙人口的就是那段流传甚广的名句：“一生至少该有一次，为了某个人而忘了自己，不求有结果，不求同行，不求曾经拥有，甚至不求你爱我，只求在我最美的年华里，遇到你。”

浪漫的诗句飘进一个如花般的女孩心中，荡起了层层涟漪。

那时，林徽因跟随父亲林长民赴欧洲访问考察。

在陌生的城市和寓所里，少女的内心是孤独的，同时又憧憬着美好的邂逅。

“我独自坐在一间顶大的书房里看雨，一个人吃饭，一面咬着手指头哭……理想的我总希望生活有点浪漫的事情发生，或是有个人叩下门走进来坐在我对面同我谈话，或是与我同坐在楼上炉边给我讲故事，最要紧的还是有个人来爱我。”

徐志摩的出现，似乎满足了一个情窦初开的少女关于爱情的所有美好想象。

他英俊、浪漫、忧郁、柔情，更写得一手好诗。

林徽因有些意乱情迷。

两个年轻人的心瞬间迸发出火花。

徐志摩炙热地表白：“父亲让我出国留学，是想让我将来进入金融界。可是徽因，和你在一起时，我的脑子里全都是诗句，我以后要做一个诗人，一生一世都要为你写诗！”

赤裸的爱意表露无遗。

“这也是爱情的约定，我们要一生一世。”

林徽因深深感动。在她看来，徐志摩就是一个暖男，时时刻刻温暖着她。

可甲之蜜糖，乙之砒霜。

对张幼仪而言，徐志摩则是不折不扣的负心汉。

当得知徐志摩已婚时，头脑清醒的林徽因没有迷失、沦陷在徐志摩编织的梦幻爱情中，而是直接拒绝了他。

“你能帮我扛心里的重担吗？它会像千斤重担压我一辈子。”

徐志摩追问：“就为了成就那虚无缥缈的道德？”

“道德，不是枷锁，而是对生命负责的态度。”林徽因理智地回答。

“你是有妇之夫，我的家庭和我所接受的教育让我无法插足别人的婚姻，更无法做到对另一个善良女人的痛苦置之不理。”

03

林徽因的周全考虑，与她的原生家庭和性格密不可分。

家世显赫，是林徽因身上的第一道标签。

她的父亲林长民，毕业于日本早稻田大学，武昌起义后，到临时参议院担任秘书长，主持草拟《中华民国临时约法》，与梁启超等社会名流是挚友。她的叔叔林觉民，是“黄花岗七十二烈士”之一，曾留下《与妻书》这样感人肺腑的爱情杰作。

在这样的家庭成长，林徽因自幼便接受良好的教育。

但是她的童年并不快乐。

林徽因的母亲是个缠小脚、没有读过书的旧社会女子，与林长民的感情一直很淡漠。尔后，林长民纳妾，彻底将她遗忘在角落里。

林徽因的母亲终日以泪洗面，郁郁寡欢。

年幼的林徽因目睹母亲的凄凉场景，内心变得敏感、压抑，靠读书排遣心灵的苦闷。

所以，当林徽因知道张幼仪的存在时，她仿佛看到了母亲的身影。

这是她的梦魇。

她不能视而不见。

于是，她理性而清醒地对父亲说："我很想家，想故乡，想马上回国。"

知女莫若父。

对林徽因和徐志摩的感情，林长民心如明镜。他知道，这注定是一场没有结局的爱恋，林徽因抽身而退，是对所有人最好的成全。

悄悄是别离的笙箫。

林徽因没有向徐志摩道别。

她只是写了一封信，言简意赅地说道："志摩，我理解您对真正爱情幸福的追求，这原也无可厚非。但我恳求您理解我对幼仪悲苦的理解。她待您委实是好的，您说过这不是真正的爱情，但获得了这种真切的情分，志摩，您已经大大有福了……"

这场如昙花开落的爱恋黯然落下帷幕。

此后，无论徐志摩内心如何纠结、痛苦、无助，林徽因对他，都只是发乎情止乎礼，从未逾矩。

"我不是没有来，只是无缘留下。"

放手，是唯一的选择。

04

人的一生会遇到两个人，一个惊艳了时光，一个温柔了岁月。

与诗人徐志摩石破天惊、轰轰烈烈的情感相比，梁思成的爱是细水长流，看似平淡无味，但又弥足珍贵。

聪明的林徽因明白，只有梁思成才是她今生最好的避风港。

梁思成是梁启超的公子，与林徽因青梅竹马、门当户对。梁启超一早就与林长民敲定了这门婚事。

但这两位家长都崇尚民主，他们对这对年轻人说："给你们介绍，最后的决定权在你们这里。"

没有逼迫，没有强求，任其自由发展。

林徽因对脚踏实地、温厚宽容的梁思成产生了好感。

在家长的安排下，两人前往美国宾夕法尼亚大学留学。

"你想学什么？"

"建筑学。"

"一个女孩子怎么想学这个？"

"因为中国有那么多好建筑，却没有现代建筑科学。"

"那我也学建筑。"

梁思成与林徽因一问一答。

志同道合的两人感情渐渐升温。

1925 年，林长民在战争中殒命。

噩耗传来，远在美国的林徽因悲痛欲绝。在那段最痛苦的日子里，梁思成给予她无尽的关怀与安慰，梁思成的父亲梁启超则在国内料理了林长民的后事。

梁家父子的举动，让经历丧父之痛的林徽因感受到了温暖和熨帖，也让她越来越觉得，梁思成的肩膀是她最有力、最信赖的依靠。

选择一个人，便是选择一种人生。

那一刹那，明智的林徽因知道，做个平凡的女人，嫁给宽厚的男人，经营一段有烟火气的爱情，从你侬我侬到白头偕老，也许才是人间最幸福的事。

1928 年春，林徽因和梁思成在美国完婚。

“有一句话，我只问这一次，以后都不会再问，为什么是我？”

彼时，林徽因的追求者如过江之鲫，对自己并不自信的梁思成诚惶诚恐地想知道答案。

林徽因浅浅一笑：“答案很长，我得用一生来回答你，准备好听了吗？”

电影《卡萨布兰卡》里有一句经典台词：“世上有那么多的城镇，城镇有那么多的酒馆，她却走进了我的。”

芸芸众生，总有一个人会是我们最幸福的归宿。

嫁给梁思成后，林徽因过着安稳的生活。

林徽因也成为梁思成事业上的忠实伙伴。

建筑绘图时，林徽因擅长想象，富于创意，快速画出草图；梁思成则能以令人惊叹的绘图功夫，迅速、清晰并准确地把林徽因的创意变成精彩的设计作品。

05

林徽因是一个散发无限光芒的女子。

她生得好，长得好，学得好，嫁得好，干得好。

她最伟大的成就，就是让许多即将消失的古老建筑保存了下来。西安大小雁塔、应县木塔、河北石桥、敦煌莫高窟……她和梁思成不辞劳苦、风餐露宿，辗转大半个中国，通过积极宣传和据理力争，才将这些珍贵的建筑保存下来，成为当今人们眼中的一道道绝美风景。

“现在的人提到林徽因，不是把她看成美女就是把她看成才女。实际上，我认为，她更主要的是一位有社会责任感的建筑学家。”清华大学建筑学院教授朱自煊客观评价林徽因。

为考察绘制百余处古建筑，林徽因不顾身体劳顿，爬梁上柱。“凡是男子能爬上去的地方，她也准能上得去”，回来后她不分昼夜地描图、撰稿、著述。

梁思成的多本著作都是在林徽因的帮助下完成的，是中国近代建筑史上宝贵的资料。

“我的文章都是林先生润笔过的。”

对林徽因的才华，梁思成甘拜下风。

两人互相支持，彼此成就。

然而在外人看来，光鲜漂亮的林徽因在生活中有时爱耍耍性子、闹闹脾气。中国建筑规划家陈占祥的女儿陈愉庆在《多少往事烟雨中》有过这样的描述：林徽因体弱，切除过一只肾脏，有时忽然无名火起，易躁易怒，情绪激动。但梁先生永远不愠不火，轻声细语，耐心安抚……

她是他心中的“女神”，她的所有，他通通接受。

据说，林徽因有严重的肺结核。为了照顾她，梁思成这个曾经什么都不会的公子哥，学会了侍弄火炉、炖汤做菜。

“无论是炖好的鸡汤、肉汤，还是银耳汤，或是蒸好的蛋羹，梁先生总是先用小勺尝一尝冷热咸淡，觉得合适了，才端进屋里。有时就坐在床畔，一勺一勺地给林徽因喂。”

梁思成还学会了输液、打针、煎药、消毒。医生劝他将林徽因隔离治疗，他没有听从，导致自己也被感染。

都说细节中体现真爱。

体贴、温柔的梁思成通过细枝末节传递着爱、传递着温暖。

林徽因也深深地感受到了他的爱，为此不惜在患病期间，陪梁思成颠沛流离、奔波逃亡。

在兵荒马乱的年代，不离不弃的陪伴就是最真诚的爱。

再多的浪漫，都比不上始终如一的相守。

27 年，林徽因和梁思成互相仰慕，互相珍视，成就了一段爱情佳话。

06

如果不是后来梁思成续弦，后人会认为这段爱情非常完美。

但感情其实也像一袭华美的袍子。世人只见袍子的华丽，却不见虱子的苍凉。

在林徽因去世后 7 年，梁思成娶了比他小 20 多岁的林洙。

当时再婚一事遭到女儿梁再冰和众多好友的强烈反对，可梁思成还是义无反顾、赴汤蹈火地和林洙在一起，度过了后半生。

林洙写了一本名为《梁思成、林徽因和我》的书，书中披露了很多关于梁思成与林徽因不为人知的事。

其中流传最广的是两件事。

第一件，是徐志摩坠机身亡后，林徽因让梁思成从灾难现场带回来一块飞机残骸，随后将残骸永久地挂在卧室里，直到林徽因辞别人世。

曾经有朋友问梁思成：“你就不介意吗？”

梁思成回答：“徽因若不重情，反倒不值得我爱了。”

可在林洙的版本里，却解读为，这块残骸，对已死的徐志摩，是一种纪念；对在生的梁思成，大约只能说是一种残忍。

试想，有哪个男人可以接受妻子对昔日的追求者余情未了？

林洙发出了这样的质问。

第二件，是关于林徽因生命中的第三个男人——金岳霖。

金岳霖是中国哲学界第一人。然而他的名字，往往与林徽因联系在一起。大众最知晓的莫过于他为了林徽因而终身未娶的这段佳话。

在林洙的书中，这样陈述道：

1932 年，梁思成外出回来，林徽因痛苦地对他说：“我苦恼极了，因为我同时爱上两个人，不知道怎么办才好？”

梁思成极为痛苦，苦思一夜之后，他决定把选择权交给妻子，说：“你是自由的，如果你选择金岳霖，我将祝你们幸福。”

林徽因将原话传给了金岳霖。金岳霖听后，对林徽因说：“看来思成是真的爱你的，我不能去伤害一个真正爱你的人，我应该退出。”

从此，三人成为终生挚友，毗邻而居。

这两件事，让林徽因与徐志摩、金岳霖剪不断理还乱的感情跃然纸上。

在林洙看来，在梁思成的感情世界里，林徽因是残忍的“女神”。

“卧室墙上徐志摩失事飞机的残骸，客厅餐厅里进进出出的老金，对梁思成而言，当然意味着一种‘残忍’。只是梁思成对此种‘残忍’说得很少，但那句‘一种无法形容的痛楚紧紧地抓住了我’，终究暴露了真相。”

于是，很多人认为，梁思成对林徽因更多的是忍耐而不是爱，他们在一起其实并不幸福。

所以在林徽因去世后，梁思成没有像巴金那样专一、长情。

他转身就娶了别人……

电视剧《好先生》中，陆远对甘敬说：“爱情一旦发生，就永远不会消失，但你要明白，相爱的人不一定就要在一起的，相濡以沫不如相忘于江湖，是望着你不是忘记你，我会用我的余生望着你，祝福你。”

是的，是望着你不是忘记你。

我一直坚信，林徽因与梁思成之间有着深入骨髓、融入血液的深厚感情，不然他们不会在最艰难的抗战中，共同坚守，相互扶持。

“那时，梁思成的脊椎病使他必须穿上铁马甲才能坐直，体重降到 47 公斤；那时，林徽因在日日咯血的生死线上挣扎，几个月的时间就毁灭了她曾经有过的美丽。那是真正的受难，没有电，没有自来水，每日伴随他们的是臭虫和油灯。”

这份共患难的情谊，不是爱又是什么呢？

他们的女儿梁再冰曾充满温情地回忆：“当时妈妈年仅 14 岁，正在培华女子中学学习，爹爹 17 岁，是清华学堂的学生……爹爹后来说，特别令他动心的是，这小姑娘起身告辞时轻快地将裙子一甩便翩然转身而去的那种飘洒。”

惊觉相思不露，原来只因入骨。

这个宽厚的男人从此闭口不谈关于林徽因的一切。

最深的爱，隐藏在一处角落里，不被打扰，从此变成一道伤痕。

《红楼梦》第58回讲了藕官与药官、蕊官之间的感情。藕官是小生，药官是小旦，因为常扮夫妻，两人假戏真做有了感情。药官早逝，藕官哭得死去活来，后来补了蕊官，藕官又和蕊官如胶似漆，大家怪藕官得新弃旧，谁料藕官这样回应："这又有个大道理。比如男子丧了妻，或有必当续弦者，也必要续弦为是。便只是不把死的丢过不提，便是情深义重了。若一味因死的不续，孤守一世，妨了大节，也不是理，死者反不安了。"宝玉听闻，称奇道绝。

续了弦，并不意味着将曾经的爱恋一笔抹杀。林徽因，自始至终都幽居在梁思成的心上。

这也验证了多年前梁思成的一句话："我怎能负了她的选择。"

07

徐志摩，多情；梁思成，宽厚；金岳霖，儒雅。

对林徽因而言，在这道爱情选择题上，梁思成永远是此生唯一的答案。

对徐志摩，她是果断拒绝，深情怀念。

在《纪念志摩去世四周年》中，林徽因感伤地写道："去年今日我意外地由浙南路过你的家乡，在昏沉的夜色里我独立火车门外，凝望着那幽暗的站台，默默地回忆许多不相连续的过往残片，直到生和死间幻成一片模糊，人生和火车似的蜿蜒一串疑问在苍茫间奔驰。我想起你的：火车擒住轨，在黑夜里奔，过山，过水，过……"

他们之间，或许有过爱情。

但张爱玲说，我以为爱情可以填满人生的遗憾，然而，制造更多遗憾的，偏偏是爱情本身。

爱过，遗憾过。当年，徐志摩为了去北京参加林徽因的演讲会，意外遭遇空难，成了天空里的一片云，永远投影在了林徽因的波心。

缘深缘浅，这个离去的人，一定是她生命中最大的慈悲。

余生，她能做的，就是缅怀。

林徽因在徐志摩逝世后给胡适写过一封信："我的教育是旧的，我变不出什么新人来，我只要对得起人——爹娘、丈夫（一个爱我的、待我极好的人）、儿子、家族等，后来更要对得起另一个爱我的人。我爱我现在的家在一切之上。"

林徽因是浪漫的、诗意的，也是理智的、清醒的。她一直知道自己内心的追求，更明白自己的坚守，有原则，有底线，活得问心无愧。

对金岳霖，林徽因是尊重爱戴、坦荡磊落。

关于林洙提及的"三角恋"事件，有学者给予了否认：1932 年，金岳霖正和同居女友在美国进修数理逻辑学，在遇见林徽因前后都有女性相知相伴。

因此，三人之间的感情纠葛，有待考证。

但不可否认，林徽因是金岳霖爱慕一生的女子。

1955 年 4 月，林徽因病逝。金岳霖听闻后不禁恸哭，在追悼会上，眼泪无法抑止，并深情送上一副挽联：一身诗意千寻瀑，万古人间四月天。

她是他的人间四月天。

暮年，金岳霖一直念念不忘林徽因。某日，他将一众好友叫到饭店，等人齐时，他站起来举起杯，潸然地说："今天是林徽因的生日。”

他还记得她的生日。

刻骨铭心，不曾忘怀。

他的这份真情，梁家人深受感动。林徽因的儿子梁从诫特别喜欢金岳霖，称他为“金爸”，还无微不至地照顾他的晚年生活。

林徽因的家人与金岳霖，一直保持着友好关系。

林徽因不曾玩弄感情，没有暧昧，干干净净，不染半点尘灰。

08

现在一提到林徽因，人们都会情不自禁地围绕她的情感展开话题。确实，很少有人能够像林徽因这般，纯因个人情感生活，成为近代史上的一种文化现象，迄今被世人引为谈资。

但对于情感问题，林徽因说过一句很理性的话：“人生总在祈求圆满，觉得好茶需要配好壶，好花需要配好瓶，而佳人也自当配才子。却不知道，有时候缺憾是一种美丽。太过精致，太过完美，反而要惊心度日。”

这是一个活得很通透的女子。

世人只看到她的美貌，却无视她的才情、她的能力。

“花瓶”和才女最大的区别就是，“花瓶”只注重外表，才女却愿意为理想倾注所有。

林徽因不是“花瓶”。

她是美貌与才华兼备的“女神”。

她参与设计过中国国徽、人民英雄纪念碑，抢救过景泰蓝工艺，还与梁思成奔走呼吁保护北京的城市规划，保护古城墙。

她做了太多被后人称道的事情，而不仅仅是写写诗歌、谈谈恋爱。

明明有颜值，却偏要靠才华奋斗和生存的女子，本身就值得敬仰。

林徽因留下的文学作品、载入建筑史册的图文与设计，让她活出了一个女人的丰盛与精彩。

连她自己也说过："别因为自己是女人，就禁锢了双脚。真正长存于世的美，从来不止于皮囊，更是一个女人身上散发出来的独立和智慧。"

有倾城的貌，有盖世的才，还有在爱情里的傲骨，难怪这样的女子，让徐志摩怀想了一生，让梁思成宠爱了一生，让金岳霖记挂了一生，更让世间形色男子仰慕了一生。

于凤至｜圣母心换不来情深似海

村上春树说，如若相爱，便携手到老；如若错过，便护他安好。于凤至做到了极致。

01

闺密打电话来，哭哭啼啼地说老公要和她离婚。

我并不惊讶。这似乎是预料中的结果。

闺密自打结婚后，就辞去高薪工作安心做起一名家庭主妇，伺候公婆，抚养孩子，将家收拾得干干净净、妥妥帖帖，让老公无后顾之忧。老公在闺密无微不至的照顾下，变成了巨婴男，下班后一进家门，就像大老爷似的，衣来伸手、饭来张口，好不快活。

几年过去了，闺密以为老公会对自己含辛茹苦的付出感恩戴德，此时老公却意外提出了离婚。

原因是感觉没有爱了。

“为什么我牺牲自己，一心一意为他付出这么多，他却毫不在乎，说离就离？”闺密在电话里抽泣着，“难道男人都是没心没肺、忘恩负义的动物？”

我一时不知道该如何安慰。

是否在多年前，当于凤至得知自己为张学良以及张家掏心掏肺、鞠躬尽瘁付出，却最终没换来张学良的情深似海，而只等来一封离婚书时，内心同样也有被辜负、被抛弃的愤怒、不甘、痛苦和绝望？

于凤至，张学良的原配妻子，号称民国时期东北第一夫人。

张学良，字汉卿，人称少帅，风流倜傥，侠骨柔肠，一生中莺莺燕燕众多。可是我觉得，对于张学良来说，没有哪个女人能与于凤至相提并论。即使是后来一直陪伴在张学良身旁的赵四小姐，也无法和她比肩。

于凤至太完美了，简直无可挑剔。她就像基督教里的圣母，只存在于爱情的信仰里，而非残酷的现实中。

她是当代女性可望而不可即的一座丰碑。

然而没有人愿意效仿她，只因她的一生过得太悲苦。

全力以赴、一往情深、无怨无悔地爱着一个男人，却一辈子都无法得到男人同等回报的爱。

她是一个传奇，也是一个悲剧。

02

于凤至，生于1897年，比张学良大3岁。算命先生曾说她“福禄深厚，乃是凤命”。父亲是商埠古镇郑家屯粮栈老板，张学良的父亲张作霖蒙难时多得其父的帮助。

为了报答于家，张作霖发誓，发迹后要儿子张学良娶于凤至。

听到算命先生这么说，张作霖更看好这段婚姻。他深信“将门虎子”与“凤命千金”是天下难得的姻缘，婚后必定大富大贵、大吉大利，为此力促两人的婚事，并许诺张学良永不纳妾。

有着西方民主、自由思想的张学良，起初对这段父母之命、媒妁之言的包办婚姻十分反感。

张作霖却告诉他：“你的正室原配非听我的不可。你如果不同意旧式婚姻，你和于家女儿成亲后，就叫她跟着你妈好了。你在外面再找女人，我可以不管。”

张学良难抗父命，只好答应了。

婚后，张学良惊讶地发现，他娶的女人，并不是一个旧式女子。

她拥有美丽的容颜，爱新觉罗·溥杰曾赞叹她的美犹如雨后荷塘里盛开的莲花，清丽脱俗。如今从历史留存下来的黑白照片中，仍能捕捉到她不俗的美貌。

一个女人，仅有美丽的皮囊是不够的，还需拥有丰满的思想。对于凤至而言，她有文化、有思想。出生大户人家，自幼接受过良好的教育，5 岁入私塾，16 岁考入奉天女子师范学校，是当地小有名气的才女，还有人称她为“女秀才”。嫁给张学良后，于凤至并没有停止学习，而是为了更好地辅佐张学良、成为他的贤内助，主动到东北大学南校法科旁听，努力学习外语、地理历史、军事知识以及西方文化。闲暇时，她还与张学良品评诗画、文物，消遣娱乐。

她不是糟糠之妻，她是精神伴侣。

张学良第一次带兵打仗，于凤至写了一首词赠送给他：“恶卧娇儿啼更漏，清秋冷月白如昼。泪双流，人穷瘦，北望天涯揾红袖。鸳枕上风波骤，漫天惊怕怎受。祈告苍天护佑，征人应如旧。”

出色的文笔，让张学良自愧不如。这首词，也让他珍藏了一辈子，直到晚年时仍念念不忘。

他们赌书泼茶，度过了人生中一段安稳的美好岁月。

就连张作霖也十分敬重于凤至，称她是十分难得的儿媳。张作霖不仅让她全面接手大帅府的管理工作，还让她经营煤矿产业，扩大家族资产。

知书达理、贤惠善良、聪明能干的于凤至将这一切都料理得有声有色，在家族中享有口碑，赢得了大帅府上上下下一致的好评。

我想，大概是因为于凤至太爱张学良了，所以才会那么拼命地做好自己，去迎合张学良，迎合整个张家。

她得到了所有人的认可，可自始至终，没有得到张学良的爱。

03

赵四小姐的出现，更注定了于凤至的爱情是一场飞蛾扑火般的劫难。

赵四小姐，既叫赵一荻，又叫赵绮霞，因在家中女儿里排行第四，人称赵四小姐。

赵四小姐出身名门，天生丽质，聪明灵慧，在一次生日舞会上，与张学良一见钟情，从此两人爱得轰轰烈烈、死去活来，造就了民国史上一段传唱不休的佳话。

张学良说：“我从来不追女人的，很少，可以说我只追过一两个女人，其他的我没追过，都是女人追我。”

在与赵四小姐的这场爱情追逐中，赵四小姐是占了主导地位的。

她在得知张学良有家室的情况下，依然与他形影相随，保持亲密的关系，甚至面对父亲的强烈反对和阻挠，毫不动摇，不惜与家人决裂，离家出走，逃到沈阳，与张学良过着秘密的同居生活。

赵四小姐的私奔事件，一时被传得满城风雨。

赵家更是在报上发表声明，宣布与赵四小姐脱离关系。

那一年，赵四小姐才 17 岁，中学还未毕业。

面对爱情，年纪轻轻的她却表现出一个成熟女子应有的果敢和决绝。为了一个男人，为了一份爱情，她鼓起勇气斩断一切退路，赴汤蹈火般地投入张学良的怀抱。

这份火热的激情，让张学良毫无招架之力。但张学良告诉赵四小姐，他不能给予她名分，如果要在一起，她只能以秘书的身份出现。

张学良是自信的，也是骄傲的。他在晚年曾说他这辈子至少有 11 个情人。他对她们都好，但他不给她们名分。即使不给这些女人名分，依然不妨碍她们爱他。

虽然没有名分，却也为难不了赵四小姐。

“为了他，我愿意牺牲自己的一切，更不会在乎如何称呼，是否有什么名分。”赵四小姐跑到大帅府里，哭着哀求于凤至，说她要做张学良的私人秘书，不要名分，请求于凤至的接纳。

于凤至回忆这段往事时说，当时很多亲朋好友都劝诫她，千万不能留下赵四小姐。这样一个爱玩的女孩，待在张学良的身边，不会有什么好事。

可面对跪在面前的楚楚可怜的赵四小姐，善良、大度的于凤至还是心软了。

晚年，于凤至写了一本回忆录，取名为《我与汉卿的一生》，字里行间都是对张学良的辩护和爱意，也提到了接纳、收留赵四小姐这件事。“赵四不顾当年的誓言，说永远感激我对她的恩德，说一辈子做汉卿的秘书，决不要任何名分等，今天如此，我不怪她。但是，她明知这是堵塞了汉卿借此可以得到自由的路，这是无可原谅的。”

当耄耋之年的于凤至回顾自己的一生时，她为多年前自己的那个决定感到悔恨与难过。或许年轻时的她，大概没有预料到，有一天赵四小姐会取代她，成为张学良生命中举足轻重、不可或缺的女人。

但当年，她在这件事上表现出的宽宏大度，还是让张学良心存感动。

可那有什么用呢？

美国作家加布瑞埃拉·泽文说：“好的婚姻，至少有一部分是阴谋。”

这里的“阴谋”，大抵是指在经营婚姻上的小心机。

其实对于情商高的女人而言，拥有小心机并不是坏事，它能让婚姻更加幸福、更加稳固。

但于凤至还是太单纯了，她缺少某些手腕和心机，只是全心全意、满腔热血、毫无怨言地爱着一个男人。这样的爱，对男人来说，过于盛大，承受不起；过于压抑，享受不起。

爱到最后，她还迷失了自己。

心疼于凤至。面对猝然闯入她平静生活的情敌，她只是含泪默默地接受了，内心翻腾纠结、痛苦无奈，但还是展现出一副心胸广阔、雍容大度的姿态。

于凤至，活出了一个旧式女子的隐忍，也活出了一个新式女子的坚韧。

04

就这样，赵四小姐以一个女秘书的身份留在张学良的身边。

不久，赵四小姐怀孕，生下唯一的孩子张闾琳。于凤至得知后，再一次以博大的胸襟包容了。她将孩子接到家里，给了孩子一个名分，随后，也同意赵四小姐搬进张府，一起生活。

于凤至没有失却大家风范，以极其宽容的态度接纳了赵四小姐，视她如姐妹，还叮嘱管家多给她一些生活费。

就这样，三人相安无事地住在了一起。

后来张学良希望与赵四小姐有一个更私密的空间，找到了北京翠花街的一个院落，筑造了爱巢。两人琴瑟和鸣地过着甜蜜的生活。

只是不知道院外的于凤至，内心会是如何的失落与苦闷！

爱来爱去，还是为他人作嫁衣裳。

西安事变，打破了一切和谐。

张学良沦为阶下囚，被蒋介石彻底软禁了起来。

彼时，于凤至正带着三个孩子在英国读书。

惊闻丈夫被蒋介石幽禁在浙江奉化溪口的消息后，于凤至忍痛别离孩子，第一时间赶回溪口，陪伴囚禁中的张学良。

“汉卿身陷囚禁，所受打击太大，需要我的支持、劝解、安慰，帮他渡过这一关。他有不测，我当陪同赴黄泉为伴。”

在回忆录里，于凤至说到当年义无反顾回溪口的原因。

同甘共苦、相扶相携的夫妻恩情跃然纸上。

在接下来的整整3年里，于凤至陪伴张学良辗转安徽、江西、湖南、贵州等地，度过了异常艰难的日子。

在此期间，于凤至和张学良远在伦敦的次子被纳粹的狂轰滥炸所惊，患了较为严重的精神分裂症。作为母亲，于凤至悲痛交加，忍受着最为残酷的精神折磨。当面对内心同样悲苦的丈夫时，于凤至还需忍住一切泪水，宽慰、劝导丈夫，为其抚平伤痛。在如此压抑、恶劣的条件下，于凤至不幸患了乳腺癌，必须动手术才有存活的希望。

这次的分离，夫妻前途未卜，一片茫然。但张学良一句“盼望苦难早日过去，我们重获自由，到时我们一起回故乡”的誓言，给了于凤至无限的动力与希望，支撑着她的下半生。

在宋子文等人的帮助下，于凤至孤身一人赴美国治病。

临行前，于凤至向宋美龄请求，让赵四小姐来照顾张学良的饮食起居。宋美龄答应了。

而于凤至与张学良的这一别，竟是漫长的50年！

从此，夫妻至死再无相见。

05

到了美国后，于凤至成功做了肿瘤切除手术，保住了性命，随后定居洛杉矶。

张学良被囚禁在多地，最后去了台湾。

在一个陌生的国度，初来乍到，于凤至生活得很拮据。

出身商贾之家的她，想起父亲的那句话：“我女儿如果是商人，肯定是个大商人”。

于是，于凤至凭着经商天赋和独到、长远的眼光，只身闯入美国的股市和地产行业，学外语，学炒股，做房地产商。

很快，于凤至就在股票市场里如鱼得水，打出了一片天地。

接着，于凤至又考虑投资房产。她看上两幢美国著名影星的豪宅，不惜重金购买，并按照当年老宅的居住样式装饰起来。她准备自己住一处，另一处留给张学良，作为张学良和赵四小姐将来共度晚年的地方。

此后，于凤至的投资越来越成功，资产像滚雪球一样越滚越大，她成为洛杉矶华人圈有名的女强人、女事业家。

有人问她："你已经很富有了，为什么还要如此拼命地挣钱？"

于凤至的回答感人至深："希望汉卿恢复自由后，能过上富足的生活。"

这就是她在美国永不停歇地赚钱的真实动机。

她做的每一件事，都在为与张学良重逢作铺垫。她的未来规划里，都是张学良。

此外，她还为张学良恢复自由积极奔走。她明确表示，张学良不恢复自由，自己绝不回台湾，以示对蒋介石非法拘囚张学良的严正抗议。

为心爱之人做了这么多事，以为他一定会铭记、会感恩，然而，令于凤至备受打击的是，她等来的是张学良的一封离婚书。

关于离婚的内幕，也是众说纷纭。有人说，宋美龄怂恿张学良和赵四小姐加入基督教，基督教徒必须遵循一夫一妻制，张学良只能二选一。有人说，当时台湾媒体刊出张学良撰写的《西安事变忏悔录》，于凤至不信，掀起美国传媒大战，导致蒋介石很生气，让张学良选择了离婚。

原因真真假假，无从辨认。但残酷的事实摆在面前，让人不得不接受。

于凤至打电话过去，含泪追问张学良原因。

张学良沉吟片刻，才道："无论发生什么事情，我们永远是我们，我现在依然每天都在唱《四郎探母》。"并且，他为她写了一首诗："卿名凤至不一般，凤至落到凤凰山，深山古刹多梵语，别有天地非人间。"

于凤至看着这诗就哭了。

"汉卿是他们笼子里的一只鸟，他们随时都会把他掐死的。几十年来，我为了汉卿死都不怕，还怕在离婚书上签个字吗？"于凤至又说："汉卿的事情，我都是无条件支持的，只要对汉卿有好处，叫我死我就死！"

她这一辈子，只为一个人而活。

"我思考再三，为了保护汉卿的安全，我给这个独裁者签个字，但我也要向世人说明，我不承认强加给我的、非法的所谓离婚、结婚。汉卿的话'我们永远是我们'，够了，我们两人不承认它。"

"我们永远是我们"这句扎心的情话，成了于凤至一生的爱情信仰。

06

离婚事件，第三次成全了张学良和赵四小姐。

1964 年，63 岁的张学良与 52 岁的赵四小姐携手走进了教堂。

30 多年的相伴，让有情人终成眷属。

结婚当天，台湾的各大媒体纷纷报道这一喜讯。

尤其引人注意的是，《联合报》第三版醒目的大标题：

卅载冷暖岁月，当代冰霜爱情

少帅赵四正式结婚

红粉知己白首缔盟

标题下加有两句话：

夜雨秋灯，梨花海棠相伴老；

小楼东风，往事不堪回首了！

不知在大洋彼岸的于凤至看了，心情会何等的悲哀。

多年以前，是谁掀起了她的红纱盖头？

多年之后，又是谁辜负了她一世的痴心情爱？

这位当年的东北第一夫人对孙辈们说："我将所有的钱都用在买房子上，就是希望将来你们的祖父一旦有自由的时候，这别墅可以作为他和赵绮霞两人共度晚年的地方，这也是我给他最好的礼物。"

晚年时的于凤至，常常伫立在窗前，面对一抹斜阳，暗自神伤。

此情此景，总让我忍不住想起纳兰性德的那首催人泪下的词：

谁念西风独自凉，萧萧黄叶闭疏窗，沉思往事立残阳。

被酒莫惊春睡重，赌书消得泼茶香，当时只道是寻常。

是啊，当时只道是寻常。

她也曾千百次设想有朝一日能见到魂牵梦萦的张学良，彼此相携回到阔别多年的故土，再睹一回白山黑水的容颜。然而年迈多病的于凤至最终未能如愿。1990 年 3 月 20 日，93 岁的她孤独地长眠在洛杉矶比弗利山玫瑰公墓的黑色大理石下。弥留之际，她给守候在病榻前的女儿、女婿留下口头遗嘱："在我死去以后，可将我埋在洛杉矶城外最高的山上，我可以在那里随时望见我的故乡……还有，在我的坟墓旁边，请替我掘下一个空穴，那是……那是留给他的……”

那个“他”，就是与她患难与共度过前半生大部分时光的张学良！后半生，她一直期盼能与他重逢，可是等了半个世纪，还是未能见上一面。

2000年，赵四小姐离开人世。生前也给自己的墓旁留下一个空穴，希望能与张学良葬在一起。

这两个深爱张学良的女人，给张学良出了一道难题。

但张学良还是选择了赵四小姐。

2001年，101岁的张学良病逝于美国夏威夷，一周后与赵四小姐合葬。

于凤至身旁的墓穴，则永远空着，孤零零的，让人唏嘘不已。

到底哪位红颜才是张学良此生的至爱？

答案不言而喻。

释放后的张学良，曾带着赵四小姐一起来到于凤至的墓前。他说：“平生无憾事，唯负此一人。”

明知辜负，明知内疚，可是生前身后，他还是傍着赵四小姐而眠。

陪伴是最长情的告白。

说一万句“我爱你”，道一万句“我想你”，终比不上一个真实的拥抱和亲吻。

在张学良多年的幽居生涯里，赵四小姐一直陪伴着他，他们相依相守，相濡以沫。所以他才会说，于凤至是最好的夫人，赵一荻是共患难的妻子。

在患难与共时，他的心早就给了赵四小姐，而远在海外的于凤至，对他来说，只是一个虚无缥缈的梦。

可惜，于凤至此生都无法参透这一点。她还沉浸在自己编织的幸福婚姻中，真的以为“我们永远是我们”，所以她晚年的回忆才会蒙上一层玫瑰般的美丽色彩。

07

然而，关于这段三角爱情故事，还流传着第二个版本。

相传张学良在口述自传中提起于凤至：“我们那时候，（结婚之前）都要先定亲，可我根本就不知道她长什么样子，所以，我后来跟我太太就不太和气（和谐），我不喜欢我的太太，因为我们是媒妁之言、父母之命。我跟我太太说，你嫁错了人，你是贤妻良母呀，可是张学良恰好不要贤妻良母。”

这如果属实，是否给了于凤至致命一击？

有人将于凤至比作《红楼梦》里的薛宝钗。宝钗什么都有，什么都好，唯独得不到贾宝玉的爱。宝玉心里始终装着那个爱朝他耍性子的林黛玉。于凤至也一样，像圣母一样，千好万好，可是也终究得不到心上人的爱。

“于凤至太正、太端庄，天下人都喜欢，在爱中却少了些趣味。所以，她得到的敬重总比爱多。张学良始终敬她，却终究无爱。爱情是任性的，不按常理出牌的。错爱一场，张学良到最后爱的都是赵四小姐。”

于凤至虽一生对张学良深情，但得到的只能算是闲情，闲下来无处寄放的情。于凤至的大度、坚韧、美德和感天动地的深情，都输给赵四小姐的小情小爱，在这场博弈中，她输尽了人生。于凤至不是不明白，她只是被自己感动，沉陷其中。

倒不如像林黛玉那样，隔三岔五闹闹脾气、任性一把，还活得真实恣意。不然打着爱的旗号，习惯了隐忍，习惯了退让，习惯了宽容，习惯了卑微，到头来，伤害的还是自己。而那个所谓的你深爱的人，心安理得地享受完你的爱之后，依然辜负你、亏欠你。

萧珊｜从前慢，一生只够爱一个人

爱情的表现形式千变万化，可结局只有两种，要么生离，要么死别。

01

表弟从医学院毕业后，凭借出色的业务能力成了一家三甲医院的外科医生。年轻有为的他成了众多女孩青睐的对象。但表弟一直未曾心动，自嘲是完美主义者，希望遇到一个各方面都适合自己的伴侣。

我觉得也是，表弟性格好、职业好，家境也不赖，这么优秀的男生，应该有足够的理由获得爱情。

于是，我做起红娘，介绍了一个朋友的妹妹给他。

他一听对方的职业是护士，立即眉头一皱：“我可不找护士，不然到时组建家庭，两人都忙得不着家，谁照顾孩子？”

我的一腔热情被浇灭，但依旧不死心地告诉他，这个女孩身材高挑、漂亮温顺，可以尝试见一面。

表弟直摇头，忙事业去了。

一年后，表弟突然邮寄了一张结婚请柬给我，让我一定要参加他的婚礼。

我好奇是何方神圣降服了高傲的表弟。

表弟嘿嘿一笑：“同医院的一个女孩。”

“也是护士？”我反问。

“是的。”

“你不是说不娶护士吗？”我暗笑。

“哎，姐——”表弟喜笑颜开，“感情的事谁说得准啊，缘分来了，挡也挡不住。”

表弟的话让我想起了作家巴金。

在没有遇到萧珊前，他曾是一名独身主义者，不相信爱情，不期待爱情。萧珊出现后，他彻底改变了观念，与之结婚生子，并演绎了一生一世一双人的爱情佳话。

其实，不是不爱，只是没有遇见那个对的人而已。

萧珊，这个与巴金牵绊了一生的女子，用实际行动与人格魅力证明了自己就是巴金生命中那个对的人。

02

萧珊，出生在浙江宁波的一个商贾之家，自幼聪明活泼，热爱文学。进入上海爱国女子中学读书后，她深受新思想、新文化的熏陶，很快就成长为一名进步青年、风云人物。当时，加入学校戏剧社的萧珊对戏剧大师曹禺先生的成名作《雷雨》情有独钟，特地扮演了“四凤”这一角色。活灵活现的完美演绎，让她受到了全校师生的一致好评。

在戏剧社里，一群进步人士聚集在一起指点江山、挥斥方遒，每天都充满了理想和激情。

萧珊也沉浸其中。

于是，她被家人认为是“坏女孩”，不务正业。随后因为参加学潮，萧珊又被学校开除了学籍。

接二连三的打击，让萧珊沮丧、茫然，一下子看不到前途所在。

彼时，比萧珊大 13 岁的巴金在文学界已享有盛誉，成为万千青年崇拜的偶像。

他的成名作《家》，控诉了封建大家庭的腐朽和罪恶，讴歌了年轻一代的觉醒和反抗。在新思潮涌起的年代，这部作品犹如一盏明灯，给热血又迷惘的年轻人指明了前进的方向，点燃了他们追求爱情与自由的信念。萧珊也被巴金的作品所鼓舞。于是，她像一个迷路的孩子一样，鼓起勇气给巴金写信。

信中的字迹极其娟秀，落款总是“一个十几岁的女孩”。

起初，巴金并没有在意，他只是将萧珊当成他众多读者中的一员。

可就像现在的粉丝追星 样，萧珊对巴金有着炙热的情感。她在给巴金的信中，不仅倾诉苦恼，也畅谈文学与人生，并好奇地问这问那。她像一株花树，伸出满是粉红花骨朵的枝丫，打探经过她那个小小世界的清风和流云，在青春的悸动中，在对爱情的渴望里，表达着她的倾慕和思恋。

久而久之，巴金对这个天真烂漫、不谙世事的小女孩有了深刻的印象。

他称萧珊为“我的小友”。

两人的通信越来越频繁，也越来越愉快。

某天，巴金再次打开萧珊的信件时，里面滑落了一张照片。照片中的女孩，一身学生打扮，有着俏皮的短发，头上戴一顶花边草帽，满脸的稚气，眼神中还有着童真。

照片的背面写着：“给我敬爱的先生留个纪念。”

一种异样的情愫在巴金的心里滋生。

“笔谈如此和谐，为什么就不能面谈呢？希望李先生能答应我的请求……”附了照片，约了时间、地点，萧珊的热情大胆，让巴金产生了好奇。

他想认识这个与他有着 13 岁年龄差的“小友”。

如期赴约。

一位穿着校服的小女生款款走来。

巴金竟然有些不知所措。

那是萧珊与巴金的第一次对话。

“哎呀，李先生，您早来啦！”

“唉，你也早啊！”

“李先生，您比我想象的可年轻多了。”

“你比我想象的还像个娃娃呢！”

两人相视一笑。

爱情开始萌芽。

那时的萧珊，外表单纯，内心却苦闷彷徨。被封建大家庭桎梏的她，渴望逃离压抑的牢笼，去追寻新生活。

她毫无顾虑地向巴金袒露自己的烦恼。

巴金在官宦之家长大，自幼目睹种种丑恶的社会现象，树立了反对封建制度、追求新的社会理想的信念。但是，看着眼前的这个小女孩，他还是以过来人的经验劝慰：“千万不要这样，像你这样的少年还是一只羽翼未丰的小鸟，很难远走高飞的。现在社会纷繁复杂，决不可冲动行事。你应该多读书，多思考，再行动。”

巴金的这段话，顿时打消了萧珊离家出走的念头，也让她对这位精神导师产生了更多的信赖和依恋。

虽然中间横亘着年龄差，但两人交流起来没有代沟、没有隔阂。

萧珊看巴金的眼神，是兴奋中透着炙热。

巴金看萧珊的眼神，是欢喜中透着羞涩。

尽管爱意蔓延，但成熟稳重的巴金还是努力克制自己的情感，没有越雷池半步。

不轻易开始一段感情。

一旦开始了，就不轻易结束。

这是巴金对待爱情的态度。

03

但年轻、美丽的萧珊似乎没有过多的顾忌。

初恋总是让人不顾一切。她坦率、热烈地在信中表露：“我永远忘不了从你那里得来的勇气。”

除了毫不掩饰地表达爱意，萧珊还经常主动去拜访巴金，关心他的生活起居。萧珊的细腻与温情，让十几年来很少与女性接触、终日在黑白文字的无声世界中如苦行僧一般劳作的巴金感受到了从未有过的快乐。

这就是恋爱的感觉。

萧珊已深陷其中。

可巴金依旧发乎情、止乎礼。

萧珊琢磨不透巴金的心思，决定试探一下他。

那时，萧珊的家里为她订了一门亲事。

门当户对，家长十分满意。

萧珊跑去问巴金的意见。

巴金一愣，内心有百般不舍。但面对萧珊期待的眼神，他还是犹豫了、沉默了。

“你觉得怎么办好？”萧珊追问。

巴金幽幽开口：“这件事由你自己考虑决定。”

这显然不是萧珊想要的答案。

泪水无法抑制地打湿脸庞，萧珊匆匆转身离开。

追下楼的巴金赶紧解释：“我是说你还小，一旦考虑不成熟，会悔恨终生的。将来你长大能有主见了、成熟了，还愿意要我这个老头子，那我就和你生活在一起。”

道出了压抑在内心已久的一番话，巴金如释重负。

萧珊很感动。她终于知道巴金的顾虑了，也清楚了他的心意。她发誓，要嫁给巴金，这辈子两人都要在一起。

萧珊追求爱情的坚定决心，让巴金越发珍惜这份情感。

他们开始恋爱，都将对方视为此生唯一的伴侣。

1937 年，战火纷飞，巴金准备南下广州。

萧珊打算伴随左右。

无名无分，又适逢战乱，巴金担心萧珊不能适应。

正考虑如何开口时，萧珊的母亲邀请巴金吃了一顿饭。

饭后巴金顿悟，这餐简单的饭局，就是他和萧珊的订婚宴。

这意味着萧珊的父母郑重地将自己的宝贝女儿交给巴金。

从此，这两人的命运开始相连。

04

日军攻打广州后，巴金带着萧珊一路颠簸逃往桂林。

患难见真情。

在朝不保夕的战争岁月，相爱的人唯一能做的，就是生死相依、不离不弃。

萧珊不再是小女孩。

她褪去稚嫩，变得坚韧、勇敢，不仅担起贤内助的责任，竭尽全力照顾巴金的饮食起居，还参加了抗日救亡工作，去战时医院救助伤员，并在巴金的鼓励和帮助下，发表《在伤兵医院》的文章。

这段流亡的生活，也给巴金留下了深刻的烙印。

有了爱情的滋润，人生充满了希望。

在巴金的鼓励下，萧珊考入昆明西南联大外语系继续深造。

巴金则回到上海，继续完成《激流三部曲》的最后一部《秋》。

样书收到后，他第一个想分享的人就是萧珊。

冒着生命危险，乘船搭车，几番周折，当巴金将《秋》递给萧珊时，萧珊激动得无言以表。

正如那句歌词所唱：翻山越岭，只是为了寻找，心中最想的人。

爱情的力量是伟大的。

在两人聚少离多的几年间，巴金凭借惊人的写作速度，完成了许多作品。

“我有的是激情，有的是爱憎。”

1942年，战事吃紧，巴金的同事、朋友一个个离开。

巴金顿感悲寂，不知所措。

时局让世事变幻无常，自己和萧珊的爱情能如愿开花结果吗?

萧珊体贴入微地捕捉到巴金的焦虑，不等大学毕业，就回到了他的身边。

“你不要难过，我不会离开你，我永远在你身边。”面对萧珊的誓言，巴金在接下来的一年时间里，拼命地写作、翻译、编书，攒够了结婚的费用。

1944年5月1日，巴金和萧珊结束了长达8年的爱情长跑，在贵阳喜结连理。

那年，巴金40岁，萧珊也已27岁。

“她同我谈了8年的恋爱，后来到贵阳旅行结婚，只印发了一个通知，没有摆过一桌酒席。”

巴金回忆道，当时他们借了朋友的一间木板屋当新房，没摆酒席，没添新被、新衣，只有他4岁时与母亲的一张合影为伴，然后给朋友们送了旅行结婚的通知，去郊外度了3天蜜月，就算是完成了婚姻大事。

面对如此简陋的条件，萧珊欣然接受。她不计较所谓的物质，只愿得一人心，白首不相离。

“在我的生活里，你是多么重要，你永远是我的偶像，不管隔了多少年。能够成为你的妻子，对我而言永远是一件值得庆耀的事。”

萧珊深情地对巴金说。

05

婚后的日子，过得安宁美好。巴金写作，萧珊持家，还有一双儿女绕膝承欢。

如果是这样的岁月静好，或许人生就没有那么多的痛苦和遗憾。

可往往事与愿违。

“文化大革命”爆发后，巴金遭到批斗，受到无休止的折磨。很多次，绝望的念头在他脑海里一闪而过。

可每天傍晚，拖着疲惫的身体回到家，看到萧珊时，巴金都会笑眯眯地告诉她：“亲爱的，我没有受苦。”

巴金从来不会说谎，但为了安慰萧珊，他还是吞咽下所有的委屈与痛苦。自始至终，他都想着萧珊的话：“在艰苦中，我会叫着你的名字。在任何环境下，我要做一个值得你爱的人。”

所以，他必须坚强，鼓起勇气承受一切不幸。

萧珊自然明白。作为家属，她的待遇也好不到哪儿去。她不但丢了工作，每天一大早提着扫帚出去扫地，还替巴金承受了很多次铜头皮带的毒打，明里暗里受尽了侮辱和谩骂。

这一切苦难，萧珊默默承受，从没有透露一句给巴金。

动荡的岁月，人心惴惴不安，巴金每晚临睡前要服两粒眠尔通才能够闭眼。

有时，他实在忍不住了，就向萧珊倾诉“日子难过啊”！

“难过啊！”萧珊附和。可随即，她又微笑地安慰巴金：“要坚持下去。坚持就是胜利。”

在最艰难的日子里，萧珊的乐观积极感染了巴金。两人相互体贴、相互支持，咬紧牙关，不向命运低头。

在那段不堪回首的时光里，萧珊与巴金相互信任、相互依赖、抱团取暖，迎接人生每次寒冷。他们的爱情，才是有温度、有信仰的爱情。

1972年7月，备受精神摧残的萧珊病入膏肓，必须要接受手术。

意识到自己不久人世，萧珊对巴金说：“看来，我们要分别了！”

这是结婚28年来，萧珊第一次说离别的话。

巴金肝肠寸断，悲痛欲绝。

“她非常安静，但并未昏睡，始终睁大着两只眼睛。眼睛很大、很美、很亮，我望着、望着，好像在望快要燃尽的烛火。我多么想让这对眼睛永远亮下去，我多么害怕她离开我……”

手术后5天，萧珊溘然长逝。

从来没有想过与最爱的人生离死别，可残酷的现实无法阻挡，他只好在余生不停地怀念她、祭奠她。

从此，萧珊的骨灰盒一直安置在巴金的卧室里。床头柜上，摆放着萧珊翻译的几部作品。

在漫长的岁月里，巴金时常望着这些物品出神。

有人曾劝巴金把萧珊的骨灰安葬，但巴金说：“萧珊是我生命的一部分，她的骨灰里有我的血和泪。她永远不会离开我，也从未离开我。等到我永远闭上眼睛时，就让我的骨灰同她的掺和在一起。”

失去萧珊，巴金的晚年生活过得孤独寂寞，弥漫了无边无际的思念。

有友人劝他，再找一个可以说话的老伴吧。

巴金断然拒绝：“不想找老伴，没有兴致和劲头。”

连好友冰心都钦佩道：“他最可佩服之处，就是他对恋爱和婚姻态度上的严肃和专一。”

在巴金的心里，没有一个女子能取代爱妻萧珊的地位。

“她是我的一个读者。1936 年我在上海第一次同她见面。1938 年和 1941 年我们两次在桂林像朋友似的住在一起。1944 年我们在贵阳结婚。我认识她的时候，她还不到 20 岁，对她的成长我应当负很大的责任。她读了我的小说，给我写信，后来见到我，对我发生了感情。”

在《怀念萧珊》《再忆萧珊》等温暖人心的文章中，巴金用朴实的笔调将思念之情娓娓道来。

“我之所以写作，不是我有才华，而是我有感情。”

在萧珊离去的 33 年间，巴金笔耕不辍，不曾放弃写作。他用自己的方式怀念此生唯一的挚爱。

06

别人的长寿是幸福，对巴金而言，却是折磨，因为在长寿的每一天里，都没有萧珊。

“她离开我 12 年了。12 年，多么长的日日夜夜。每次我回到家门口，眼前就出现一张笑脸，一个亲切的声音向我迎来，可是走进院子，却只见一些高高矮矮的、没有花的绿树。”

“我摆脱不了那些做不完的梦。总是那一双泪汪汪的眼睛，总是那一副前额皱成‘川’字的愁颜，总是那无限关心的叮咛劝告。好像我有满腹的委屈瞒住她，好像我摔倒在泥淖中不能自拔，好像我又被打翻在地让人踏上一脚……每夜每夜，我都听见床前骨灰盒里她的小声呼唤，她的低声哭泣。”

“人死犹如灯灭。我不相信有鬼。但是，我又多么希望有一个鬼的世界，倘使真有鬼的世界，那么我同萧珊见面的日子就不太远了。”

一年年，巴金的思念与日俱增，从未断过。

即便到生命的最后一刻，巴金也丝毫不害怕死亡，而是满怀留恋的感情。

他这一生只爱过萧珊一个人。

电视剧《家春秋》播出时，有人曾好奇地问巴金：“别人以为你是觉慧，而觉慧和鸣凤相爱也确有其事，你在成都老家爱过丫头吗？”

“没有过，我们那样的封建家庭是不允许的。”巴金的表情很认真。

“那在萧珊以前，你有没有爱过别人？”

“没有。”巴金的回答很干脆。

有人说，巴金和萧珊的婚姻之所以和谐、长久，与双方在文学上爱好、趣致的相契密不可分。虽然萧珊年纪比巴金小许多，但自结婚之后，两人互相扶持、互相关怀，是平等的一对灵魂。

最好的爱情和婚姻是势均力敌。

2009年《萧珊文存》出版，涵盖了散文、译作等。

我们看到了一个文采四溢的女子。

长久以来，人们对萧珊的称呼是作家巴金先生的夫人。她作为一个独立个体的存在价值反而被人们忽视，可能是巴金先生的名头太大，遮蔽了萧珊本身的才华。其实客观地讲，萧珊不仅仅只是一个贤妻良母式的女性，她自己本身也是一个才华横溢的女子。

巴金也曾致信萧珊：“你的文字有一种好处，就是清新气息。”

“她的清丽的译笔，也是我所喜爱的。她译的屠格涅夫的作品，无论如何是不朽的，我私心愿意将来悉心地再为她校阅、加工，保留下来，后世的人们依然会喜阅的。”曾经协助鲁迅主编《译文》的编辑黄源，曾向巴金毫不掩饰地表达自己对萧珊的赞赏之情。

相爱的两个人，有共同的兴趣爱好，有一致的追求，能精神交流，这才是这段婚姻维系长久的秘诀。

萧珊是幸运的。她遇到了巴金，嫁给了爱情。

这才是婚姻最好的模样。

07

民国时期，才子佳人很多，令人唏嘘的爱情故事也数不胜数。但我觉得，只有钱钟书和杨绛、巴金和萧珊的爱情最为纯粹、最为真挚。

萧珊曾对巴金表白：“你永远是我的神，跟我的心同在。我的目光永远地跟随着你。我的心里永远有你。在艰苦中我会叫着你的名字。你知道我陪你走这一段路程有多么幸福吗？”

从 19 岁和巴金相识，27 岁与之结婚，55 岁逝世，萧珊的一生，都无法与巴金割裂。

萧珊病逝时，巴金 68 岁。

2005 年，巴金去世，享年 101 岁。

这位世纪老人，在长达 30 多年的岁月里，活得孤寂而伤感。

据说，从上海武康路 113 号路过的人们，经常看到他形单影只，如倦归的鸟儿，在黄昏里或暮雨中踽踽独行，满身满眼都是无枝可依的凄凉。

学生时代，我曾被明代归有光写的《项脊轩志》深深打动。这位深情的男人感伤地写下："庭有枇杷树，吾妻死之年所手植也，今已亭亭如盖也。"

停留时刹那，转身是天涯。时光残忍。

物是人非事事休。

对活着的人来说，阴阳相隔的爱人，是无法触碰的伤口。

"我想早点与萧珊会合。"

巴金辞世后，根据遗愿，他和萧珊的骨灰被撒入上海长兴岛附近的东海。

在大海里，这对相爱了一辈子的恋人终于重回了彼此的怀抱。

有人说，爱情的开场大都千篇一律、你侬我侬。可是，真正考验人的，是爱情的谢幕。

是的，当巴金与萧珊的爱情真正谢幕时，我们才终于知道，这一生，我们会遇到很多人，缘分皆朝生暮死、脆弱如露水。唯独与你，像是一条生生不息的河流。

杨绛｜好的婚姻，是学会接受伴侣的不完美

最好的爱情应该是，给他他想要的，而不是给他你想给的。

01

同事小林再婚了。

他的前妻也是我们公司的员工。

当初两人结合时，我们纷纷看好这桩婚姻，认为郎才女貌，十分登对。

不曾想，没到一年时间，这对“90后”夫妻便分道扬镳、形同陌路。

前妻向我们说起小林时，咬牙切齿，一脸不屑：“你们别看他在

人前人模狗样的，在家却超级不讲卫生，又懒，周末睡到日上三竿都不愿起床……”

大家听了，面面相觑。

人无完人，谁的婚姻没有瑕疵？只要不犯原则性的错误，这些小缺点其实都可以视而不见。可偏偏小林的前妻注重细节，太过较真，两个人生活在一起，就像火星撞地球，三天一小吵、五天一大闹。渐渐地，彼此心累了，婚姻也走到了尽头。

其实小林本质不错，并没有前妻说的如此不堪。

再婚后，他的现任妻子和我们说起小林时，一脸的甜蜜和知足："他工作认真，很有上进心，也非常顾家，很有责任感。"

"他不是在家不讲卫生，又很懒惰吗？"一旁的一个女同事口无遮拦地说。

小林的妻子愣了一下，随即哈哈大笑："谁没有点小毛病啊？我觉得没必要锱铢必较，好的婚姻，是对伴侣的缺点装聋作哑！"

这句颇有智慧的话，让我对面前的这位女子肃然起敬。

再看看小林目前的状态就知道，他过得很幸福、很满足。

我感慨，遇见不一样的人，会对婚姻抱有不一样的态度，人生也截然不同。

好的婚姻，是信任，是包容，是接纳伴侣的不完美。

文学大师杨绛对待自己的婚姻，也是如此睿智。所以，她与丈夫钱钟书演绎了一段令世人艳羡的爱情传奇。

02

1932 年，杨绛以优异的成绩考上了清华大学。在这座美丽浪漫、有着浓厚学术氛围的校园里，她和才子钱钟书邂逅了。

钱钟书曾追忆他们相识的场景："颉眼容光忆见初，蔷薇新瓣浸醍醐。不知腼洗儿时面，曾取红花和雪无。"

一眼便定终生。

彼时，两人都是学校里的风云人物。

杨绛，年纪小、相貌好、功课好、家境好，在学生时期特别受异性欢迎。坊间传闻，追求她的男生有孔门弟子"72人"之多。其中一个痴情者叫费孝通，就是后来大名鼎鼎的社会学家，也曾虔诚地暗恋杨绛很多年。可杨绛不为所动，直到遇见了钱钟书。

钱钟书，被誉为清华三大才子之首，以"国文特优，英文满分"被破格录取，博学强记，有"活字典"称号，曾口出狂言："整个清华没有一个教授够资格当钱某人的导师。"

如此桀骜不驯，却拜倒在杨绛的石榴裙下。

两人一见面，他急于表明自己单身："我没有订婚。"

杨绛也立刻回应："我也没有男朋友。"

彼此相视而笑，心领神会。

爱情就这样如期而至。

从此两人鸿雁传书，情意绵绵。

3年后，24岁的钱钟书和23岁的杨绛喜结连理。

虽同是出生于书香世家，但钱家是旧式人家，规矩繁多，杨家则是新式人家，追求西方生活。新旧思想碰撞，能融合吗？

杨绛百岁时，曾有记者采访她，问到这个问题。

杨绛是一个在婚姻中看得开、拎得清的聪明女子："我由宽裕的娘家嫁到寒素的钱家做媳妇，从旧俗，行旧礼，一点没有'下嫁'的感觉。如果男女双方计较这类细节，那么，趁早打听清楚彼此的家庭状况，不合适不要结婚。”

不合适就不要结婚，一旦结婚了，那就只认定一人，一生一世一双人。

杨绛是这么想的，也是这么做的。

由于自幼家境优渥、娇生惯养，钱钟书除了看书写作，便过着衣来伸手、饭来张口的生活。换作其他伴侣，估计会无法忍受。

杨绛却一一包容。

不会做饭，没关系，杨绛没有摆起千金小姐的架子，而是“卷袖围裙为口忙，朝朝洗手做羹汤”，包揽了一切家务活，劈柴、生火、做饭，样样都来，样样都行，出得厅堂，入得厨房，成了钱钟书的贤内助。

当钱钟书以第一名的成绩考取牛津大学英文系、准备赴英国留学时，尚未毕业的杨绛毫不犹豫地办理了休学，陪同其出国，照顾他的生活起居。

在英国时，有一次钱钟书从公交车上下来，还未落脚站稳，车就开了，整个人栽倒在地，满口是血。任何人遭遇此番情形，第一反应应该是跑去医院包扎伤口，可钱钟书不是，他第一时间用手帕捂着嘴跑回家找杨绛帮忙。

钱钟书额骨上生了一个疖，很久无法痊愈。

“不要紧，我会治。”杨绛从一位护士那里学会了热敷，回家后，每小时给钱钟书热敷一次。果然，他头上的疖消失了。

杨绛坐月子时，照顾不了钱钟书的起居生活，钱钟书一下子乱了阵脚，天天“做坏事”：

“我打翻墨水弄脏桌布了。”

“我把台灯弄坏了。”

“门轴坏了门关不上。”

钱钟书不懂产妇是需要好好休息、保持心情舒畅的。他还像孩童般，乐此不疲跑去医院，向杨绛低头认错。

每次杨绛听后，总是安慰他：“不要紧，我会，我来处理。”

出院后，杨绛果然将所有问题都处理得有条不紊。

每次钱钟书闯祸，杨绛都很淡定、很宽容，都说“不要紧”，这无异于定海神针。

03

在钱钟书看来，杨绛像一个超人那样，无所不能。他从来不知道，女人其实是需要百般呵护、需要安全感的。可在杨绛和钱钟书的婚姻里，他们的角色却互换了，钱钟书两耳不闻窗外事，一心只读圣贤书。而杨绛，为他悉心搭建了一个避风港，让不谙世事的他可以心无挂念地栖息在里面，做自己想做的事，实现自己的价值。

钱钟书的堂弟钱钟鲁曾评价杨绛：“就像一个帐篷，把身边的人都罩在里面，外面的风雨由她来抵挡。”

在我看来，这就是杨绛经营婚姻的独到之处：既能看见对方的闪光点，又要接纳、包容对方的缺点。

玛丽莲·梦露说过一句名言：“如果你不能接受最差的我，那么就不配得到最好的我。”

婚姻不是找个完美恋人，而是把生活过成完美的样子。无论是谁，身上都有着或多或少的缺点。人们只会在最亲近的人面前，把最坏的一面袒露出来。而作为伴侣，要学会接受，学会理解，学会宽容。

知名演员黄磊和妻子孙莉相恋20多年，一直甜蜜恩爱。问及保鲜秘诀，黄磊说到一点：好的婚姻，就是爱着对方最真实的样子，你不会的我包容，你不好的我接纳，明知对方不是世界上最好的，一旦爱上了，便无怨无悔。

所以，他丝毫不介意孙莉的缺点："坦白地讲，她是个寻常的姑娘，没有特立独行，也没有刻意张扬。她很美丽，但没有夺目妩媚，也没有不可方物。在家务上，她不会做饭，也不善手工，但洗碗一流。在工作上，她为了孩子和家庭，几乎放弃了演艺事业，可是她放弃之前也一直懒散不努力，虽然她天赋极高。"

杨绛面对孩子气的钱钟书，也一点都不计较。

当他家的猫与林徽因家的猫打架时，钱钟书操起竹竿要保护自家的猫。杨绛急忙拦住这个天真的"大孩子"："人家的猫也宝贝着呢，打猫也得看主人啊。"瞬间，避免了矛盾的发生。

当钱钟书作文讽刺沈从文收集假古董、两家有芥蒂时，杨绛带着钱钟书主动拜访了沈家，化解了恩怨，修复了关系。

孩子气的男人在当今社会不受欢迎，因为这意味着不够成熟、稳重。

但杨绛觉得，这恰恰是钱钟书最宝贵的地方。

"我最大的功劳是保住了钱钟书的淘气和那一团痴气。这是钱钟书的最可贵处。他淘气、天真，加上他过人的智慧，成了现在众人心目中博学而又风趣的钱钟书。他的痴气得到众多读者的喜爱。"

杨绛用自己的大气和智慧，让爱人在婚姻里过得随性、幸福。

她从来没有想方设法去改造钱钟书，让他变得不像自己。

因为杨绛深知，恋爱是用来欣赏对方的优点的，婚姻是用来接纳对方的缺点的。真正好的爱情，不单单是欣赏和尊重，而是把彼此的缺点过成生活的乐趣。

钱钟书有时像稚童那样，天真淘气。他会在杨绛午睡时，饱蘸浓墨，给她画花脸；也会在每天临睡前，将大大小小的各种物品，藏在女儿的被窝里，埋置“地雷”，吓得女儿惊叫……

如果在一个锱铢必较的妻子面前，钱钟书必定要“遭殃”。可是钱钟书面对的是杨绛，一个开朗、大气的女子，所以通常情况下，杨绛都一笑置之，钱钟书则免于责难。

一个著名的哲学家说过：“如果你准备结婚的话，一定要包容对方的缺点，世界上没有绝对圆满幸福的婚姻，幸福只来源于无限的容忍跟相互尊重。”

婚姻不是乍见之欢，而是久处不厌。两个朝夕相处的人，难免有看对方不顺眼的时候，倘若非要较量到底，婚姻就成了一场硝烟四起的战争。这样一来，岂不是违背了我们结婚的初衷？

杨绛深深明白，婚姻就是无所不包的一件东西，它容纳笨拙、无能、怪癖、孤单、消极、悲观。我们从这样的港湾中获取力量，然后才有勇气继续生活。

所以她从不上纲上线、斤斤计较。

04

她的宽宏大量、善解人意，也换来了钱钟书的爱护与体贴。

每天清晨，钱钟书都会早起，拙手笨脚地煮早餐，然后叫醒睡眼惺忪的杨绛，亲自端给她吃。这个习惯，坚持了一辈子。

杨绛幸福地说："这是我吃过的最香的早饭。"

杨绛在医院生孩子，从未进过厨房的钱钟书学会了炖鸡汤，还剥了嫩蚕豆煮在汤里，给杨绛补身子。

有一次，杨绛晚上把煤炉熄了。早上起来，她却看到了钱钟书送来的美味早餐：浓香的红茶，热腾腾的牛奶，煮得恰到好处的鸡蛋，还有黄油和果酱。

杨绛很好奇，问钱钟书："谁给你点的火啊？"

钱钟书没有掩饰脸上的骄傲神情："我会划火柴了！"

这就是爱的表现：我爱你，我愿意为你改变自己，做不擅长的事情。

曾经，钱钟书的父亲担心他未来会娶一个严肃的媳妇，受到管制。但杨绛用宽广的胸怀，海纳了钱钟书的所有瑕疵，辅佐其成为文坛的一代大家。

当钱钟书提出想写一部长篇小说的想法时，杨绛点头称赞，大力支持。为了给钱钟书创造一个安静、良好的写作环境，杨绛不辞辛苦地承担了生活中的全部杂事，让他心无旁骛地投入写作中去。

每天晚上，钱钟书都将写好的章节与杨绛分享，两人边讨论边大笑，气氛很融洽。她是他的最佳读者，也是最佳知音，她懂得他在遣词造句背后所蕴含的深刻思想。

"我爱丈夫，胜过自己。我了解钱钟书的价值，我愿为充分发挥他的潜力、创造力而牺牲自己。这种爱不是盲目的，是理解，理解越深，感情越好。相互理解，才有自觉的相互支持。"

在如此强大动力的支撑下，钱钟书历经两年时间，终于完成了长篇小说《围城》。

《围城》问世后，获得了巨大成功。

钱钟书感激涕零地说："这本书整整写了两年。两年里忧世伤生，屡想中止。由于杨绛女士不断的督促，替我挡了许多事，省出时间来，得以锱铢积累地写完。照例这本书该献给她。"

《围城》后来改编成电视剧时，杨绛提出了许多可行的建设性意见，甚至她还精辟地提炼出整部作品的内涵，让其放在片头上作字幕："围在城里的想逃出来，城外的人想冲进去。对婚姻也罢，职业也罢。人生的愿望大都如此。"

这句精髓的话，如今成了大众形容婚姻最经典的比喻。由此，不得不佩服杨绛的才华和智慧。她才是最懂钱钟书和《围城》的人。

杨绛曾说："我与钱钟书是志同道合的夫妻。我们当初正是因为两人都酷爱文学、痴迷读书而互相吸引走到一起的。钟书说他'没有大的志气，只想贡献一生，做做学问'，这点和我志趣相同。"

所以，她是他的灵魂伴侣。

05

抗日战争期间，日本人突然上门搜查，杨绛镇定自若，第一时间藏好钱钟书的书稿。钱钟书逝世后，留下了7万余页天书般的手稿与中外文笔记，装了几麻袋。杨绛井井有条地将它们整理成20卷的《钱钟书手稿集·中文笔记》出版。

杨绛十分清楚钱钟书文稿的价值，她以这种方式协助钱钟书实现自己的理想。

在"文化大革命"十年浩劫中，当钱钟书被人写大字报批斗时，杨绛第一个站出来维护自己的丈夫。她在大字报旁边贴了一张小字报澄清事实，甚至面红耳赤地辩护，表明立场。在那种特殊的人文环境下，即便是夫妻，有时都不得不划清界限，大难临头各自飞。可是杨绛没有，她全心全意地护钱钟书周全，不让他受到一丝的身心伤害。

在杨绛看来，夫妻间最重要的是朋友关系，即使不能做知心的朋友，也该是互相尊重的伴侣。

因此钱钟书了给予杨绛极高的评价："绝无仅有地结合了各不相容的三者：妻子、情人、朋友。"

钱钟书的母亲对这个儿媳也称赞不已："笔杆摇得，锅铲握得，在家什么粗活都干，真是上得厅堂、下得厨房，入水能游、出水能跳，钟书痴人痴福。"

这或许是对一个女人最大的褒奖。

杨绛不仅是最贤的妻，还是最有才的女。

她能弹月琴，善吹箫，工昆曲；读书期间，是学校有名的"笔杆子"；通晓多国语言，翻译的《堂·吉诃德》被公认为最优秀的翻译佳作；早年创作的剧本《称心如意》被搬上舞台长达 60 多年；在 90 岁的高龄时，还翻译柏拉图的《斐多篇》；先后出版《从丙午到流亡》《我们仨》《容安馆札记》《走到人生边上》等多部作品。其中《我们仨》成为畅销书，风靡海内外，感动了无数国人。

杨绛用超强的实力证明了自己的独立和优秀。她既是钱钟书贤惠温柔的妻子，也是他最可靠的左膀右臂、事业推手。

他们的婚姻，势均力敌，鸾凤和鸣。

夏志清曾说："20 世纪中国文学界，再没一对像钱钟书和杨绛才华高而作品精、同享盛名的夫妻了。"

胡河清也赞叹：“钱钟书、杨绛伉俪，可说是当代文学中的一双名剑。钱钟书如英气流动之雄剑，常常出匣自鸣，语惊天下；杨绛则如青光含藏之雌剑，大智若愚，不显刀刃。”

在生活上与男人互敬互爱，在思想上与男人始终一致，在事业上与男人齐头并进，这样的女人，本身就自带光芒，活得耀眼。

有一次，杨绛读到英国传记作家概括的最理想婚姻：“我见到她之前，从未想到要结婚；我娶了她几十年，从未后悔娶她，也未想过要娶别的女人。”

她将这话念给钱钟书听，钱钟书当即回答：“我和他一样。”

杨绛答道：“我也一样。”

这是婚姻最好的样子。

不是所有婚姻都是围城，只有经营得不好的婚姻才是围城。经营得好的婚姻，夫妻双方共同成长、携手并进，迎接人生中的风风雨雨，一起白首到老。

晚年时，钱钟书和杨绛唯一的爱女钱媛去世，钱钟书痛苦不堪、卧病在床，有几次差点熬不过去。

每次杨绛都陪着他，百般劝慰：“不要紧，不要紧，你会好起来的。”

她用柔弱的肩膀坚强地支撑起这个破碎的家庭。

钱钟书临终时，一眼未合好，杨绛附在他耳边轻轻地说：“你放心，有我呐！”

哀痛没有将这个内心沉稳、精神强大的女子击倒，相反她努力地活着：“钟书逃走了，我也想逃走，但是逃到哪里去呢？我压根儿不能逃，得留在人世间，打扫现场，尽我应尽的责任。”

生死相隔，对活着的人来说，岁月是悲伤的凌迟。

但暮年时的杨绛仍精神矍铄、笔耕不辍地工作着，整理钱钟书的学术遗物、撰写回忆录，日子过得平静而充实。或许，对杨绛而言，这才是缅怀爱人最好的方式。

06

民国的才女大多命运多舛、婚姻悲惨，杨绛是一个例外，她的爱情之路四平八稳、婚姻幸福美满。

这与她的性格有很大关系。作家黎戈说道：“杨绛让我看到了‘过去的品质’，这是一种低调却不哽咽、醇香却不刺鼻的品质，它像北极光：明亮、坚韧、耐寒，在人格的高纬度闪闪发光。”

这位从出生到去世跨越一个多世纪的女子，博学、睿智、宽厚、清朗、柔韧，在经历所有美好和磨难后，依旧不忘初心。她对命运所有的赠予都全盘接受，无论好坏，随遇而安、宠辱不惊。

更重要的是，她懂得如何与爱人相处，深谙婚姻经营之道。

婚姻，不同于爱情。爱情只需要男女双方两情相悦、缠绵悱恻即可，但婚姻里的柴米油盐、生活百态，需要每对夫妻有求同存异的本事才行。

有人说，婚姻是天长日久、朝夕相对的相处，它和恋爱截然不同，它很坦白地把一个人本性中的东西暴露在彼此面前，恋爱时精心修饰的一切，最终都会在婚姻中真相大白。为此，理解很重要，包容也很重要。

钱钟书是有名的大才子，满腹经纶、学识渊博，展现在外人面前的永远是最光鲜的一面。但在生活中，和他长期相处，却要忍受他的许多缺点。杨绛明白，人无完人，只有原谅伴侣的不完美，接纳所有的不足，彼此付出、彼此理解，彼此宽容、彼此欣赏，才能彼此成就。

杨绛在晚年的时候道破婚姻的真谛："我是一位老人，净说些老话。对于时代，我是落伍者，没有什么良言贡献给现代婚姻。只是在物质至上的时代潮流下，想提醒年轻的朋友，男女结合最最重要的是感情、双方互相理解的程度。理解深才能互相欣赏、吸引、支持和鼓励，两情相悦。门当户对及其他，并不重要。"

正因为有如此端正的感情观，杨绛和钱钟书才相濡以沫地恩爱了一辈子，书写了世间最美的爱情。

蒋碧微｜放下执念，与自己和解

体面的分手应该是彻悟一切后的慈悲，是用尽了力气后的平静，是虽然结局不尽人意，但我没有后悔遇见你。

01

如果丈夫三番两次地出轨，一心维护自己的新欢，不惜和原配决裂，原配的反应会是怎样？

在电视剧《恋爱先生》里，男主角因为出轨与妻子离了婚，让妻子有怨气冲着他来，不要伤害他的新欢。

妻子望着丈夫，痛苦地说了一段很扎心的话："你想负担起所有责任是吗？可你毁了我对婚姻所有的美好幻想，你让我遭受别人的非议和耻笑，你让我丧失了对人最基本的信任，你让我不敢再去爱了，你让我现在浑身充满了负能量。你让我对这个世界充满了恨意，你负担得起吗？”

时间倒回70多年前，当在民国时期闹得沸沸扬扬的离婚案的女主角蒋碧微面对丈夫徐悲鸿因觅得新欢而要求离婚时，她的怨恨与戾气达到了顶点。她狠心撕破脸皮，不顾情分地提出了十分苛刻的条件，索要青春损失费、高额离婚费，一味争取自己的利益，捍卫自己的尊严。她甚至在晚年写回忆录时，字里行间流露的都是对徐悲鸿的不满、埋怨、指责。不难看出，丈夫的出轨、背叛让蒋碧微充满了负能量、充满了恨意，摧毁了一个女子曾经所有的美好。

要知道，当初他们的爱情是多么轰轰烈烈、感天动地！

人生若只如初见，该有多好！那年，蒋碧微仿若一株郁郁葱葱的玉兰，“美得不招摇，不夸张，安安静静，亭亭玉立，一举一动间，都透着大家闺秀的隽秀，散放着动人的魅力”。

而徐悲鸿，还是一个名不见经传的穷教员。

然后，两人效仿卓文君与司马相如，大胆、冒险地私奔了。

原以为从此“白首不相离”，可“何事秋风悲画扇”，两人最终对簿公堂、针锋相对，上演了一场离婚大战。

如果预料到这样的结局，当年年轻美丽的蒋碧微还会做出如此惊世骇俗之举、义无反顾地追求自己的幸福吗？

02

蒋碧微出生在江苏宜兴的一个书香世家，从小跟着学识渊博的父亲读了不少书，过着养尊处优的幸福生活。男大当婚，女大当嫁。13岁那年，蒋碧微便因父母之命，与同样门当户对的苏州望族查家的二公子查紫含定下婚约。

徐悲鸿是蒋家的常客。那时，经济落魄的他在一所师范学校教授美术，和蒋碧微的姐夫和伯父是同事关系。他经常拜访蒋碧微的父亲，一来二去，便认识了美丽清纯、文静贤淑的蒋碧微。

蒋碧微的身上散发着一种书香门第的女子特有的气质，深深地吸引着徐悲鸿。

徐悲鸿的才华，也让蒋碧微爱慕和崇拜。

爱情的种子就在彼此的心间美好地萌芽。

直到有一天，徐悲鸿按捺不住地问蒋碧微："假如现在有一个人，要带你到外国，你去不去？"

蒋碧微毫不犹豫地答应了。为了爱情，她抛弃婚约，冒天下之大不韪，在家中留了一封"遗书"，不顾一切和徐悲鸿私奔去了日本。

蒋碧微的疯狂举动，让蒋家面临大难。

为了不使蒋、查两家难堪，蒋碧微的父亲只好对外宣称蒋碧微因病去世，还大张旗鼓办了葬礼，以此向查家交代。

蒋碧微原名蒋棠珍。为了掩饰身份，徐悲鸿便为蒋棠珍改了名。

"这以后徐先生便私下为我取了一个名字——碧微，还刻了一对水晶戒指，一只刻着"悲鸿"，一只镌着"碧微"。他把刻有"碧微"的戒指整天戴在手上，有人问他这是什么意思，他便得意地答：'这是我未来太太的名字。'人家追问他未来的太太是谁，他只神秘地笑笑。"

在回忆录里，蒋碧微说起当年的美好，仍记忆犹新。

爱情最初的模样充满了激情与甜蜜。

在日本，两个年轻人的日子过得非常清贫。起初，徐悲鸿作为一介书生，美术造诣和名气远远不够，卖不出画，自然就挣不到钱。

贵为豪门千金的蒋碧微没有埋怨徐悲鸿，而是以平和的心态做手工活儿贴补家用，操劳家务。在生活困顿难以维持时，她还无私地拿出母亲留下的手镯去当铺换钱。

都说贫贱夫妻百事哀，可是这段最困厄的岁月，却承载了最多温馨的回忆，凝聚了最多甜蜜的感情。

不到半年时间，他们身上的钱就花光了。无奈下，他们只好打道回府。

通情达理的蒋家重新接纳了蒋碧微这个宝贝女儿，也认可了徐悲鸿。

有了娘家钱财的扶持，再加上康有为的帮助，徐悲鸿和蒋碧微重新远航，去了法国深造。

在法国，两人同甘共苦，度过了一段融洽、幸福的时光。这时期，徐悲鸿以蒋碧微为原型，创作了多幅油画。

要多爱一个人，才会饱蘸爱意，付诸笔端，画出一个个经典的形象？我想，那时的徐悲鸿，一定对蒋碧微充满了柔情蜜意，所以画作里的女子柔美、娴静、优雅，一副岁月静好、浅笑安然的模样。

03

可幸福不会永远定格在一成不变的岁月里。1927 年，已事业有成、声名鹊起的徐悲鸿带着蒋碧微回国。

随后，徐悲鸿在中央大学任教，积极参与社会活动，忙碌而充实。热衷社交的蒋碧微为了消除寂寞，便模仿法国沙龙的形式，举办了一场又一场盛大热闹的舞会。喧嚣背后，却是徐悲鸿孤寂冷漠的神色。他看不惯蒋碧微的虚荣，蒋碧微也不喜欢徐悲鸿的清高，两人渐渐产生矛盾，裂痕越来越大。

终于，一个叫孙韵君的女学生闯入徐悲鸿的眼帘。她脱俗、温婉、乖巧，有着超出同龄人的才华和悟性，让徐悲鸿深陷其中、难以自拔。

他给她改了个小名：孙多慈。

在他们最热恋的季节，孙多慈赠送红豆给徐悲鸿，徐悲鸿特地去打了一对戒指，将红豆镶入其中，一个刻着“慈”字，一个刻着“悲”字，表达浓浓的爱意。

在徐悲鸿的新居落成时，孙多慈还别出心裁地赠送了100棵妆点新居花园的枫树苗，互致心意，情意渐笃。

起初，蒋碧微对丈夫的出轨毫不知情。直到1931年，在老家奔丧的蒋碧微突然收到徐悲鸿的来信，信上写道：“碧微，你来南京吧，你再不来的话，我会爱上别人的。”

蒋碧微大惊。

她怎么也不会料到，曾经那么爱自己的丈夫会移情别恋！

当新欢孙多慈的名字映入眼帘时，蒋碧微再也无法控制自己的情绪，勃然大怒地冲到徐悲鸿的画室，将孙多慈的画像一把撕扯了，并跑到学校去大吵大闹，当众羞辱孙多慈。她还写信给孙多慈的父母，要求他们好好管教女儿。

家里的庭院立着孙多慈赠送的枫树苗，像是挑衅，又仿若嘲讽。蒋碧微气不打一处来，命人悉数拔掉，而且写信给相关负责人，让孙多慈公费留学的机会彻底泡汤。

蒋碧微用强势态度和强硬手段向徐悲鸿宣告，自己不是好欺负的。

她曾说："我平生最喜欢放鞭炮，因为它一经点燃，便勇往直前，绝无退却，有一种大无畏的精神。"

她正是如此。

一旦爱了，就轰轰烈烈，风起云涌，奋不顾身。

一旦遭遇背叛，就上纲上线，咄咄逼人，捍卫自尊。

敢爱敢恨，活得果敢、漂亮。

可男人一旦变心，无论你怎么做，在他看来，都是不可理喻、无理取闹。

当徐悲鸿得知蒋碧微的所作所为后，心中怒火直烧，愤然将公馆命名为"危巢"，将画室命名为"无枫堂"，远去桂林。

为了年幼无知的孩子，和所有捍卫婚姻、维护家庭的女人一样，蒋碧微一开始仍想方设法挽回感情。她南下桂林，找到徐悲鸿，劝其迷途知返，赶紧回家。

可徐悲鸿对孙多慈念念不忘，坚持留在桂林。他对蒋碧微说："吾人之结合，全凭于爱，今爱已无存，相处亦不可能。"

冰冷绝情的话语，让蒋碧微心灰意冷。

更过分的是，徐悲鸿为了赢得孙多慈父母的欢心，在报纸上公开声明："鄙人与蒋碧微女士久已脱离同居关系，彼在社会上的一切事业概由其个人负责。"

20 年的陪伴，从绰约多姿的花样少女到体态臃肿的中年妇女，蒋碧微为徐悲鸿付出了一个女人全部的真心和爱意：与家人断绝关系，陪他颠沛流离、浪迹天涯、吃苦受累；在他一无所有、请不起模特的困境下，做他画中的缪斯女神，让他声名大噪；为他生儿育女、繁衍后代，可到头来，得到了什么呢？

没有一纸婚约，反而用“姘妇”来形容她。轻描淡写用“同居”二字，就将这20年来的感情一笔带过，化为灰烬。

所有的努力和委屈变得一文不值。

蒋碧微的心里弥漫了无处可逃的怨与恨。她变成了悍妇，不再留恋和挽回掺杂了背叛的爱情。

04

这一边的徐悲鸿，正满怀希望地期待这份声明可以得到孙多慈父母的认可。不料，孙多慈的父母看到如此喜新厌旧的男人，不喜反怒。他们带着孙多慈离开了桂林，并安排她嫁给了国民党浙江省教育厅厅长许绍棣。

希望落空，徐悲鸿突然念及蒋碧微的好，回心转意，多次央求蒋碧微复合，破镜重圆。

蒋碧微义正词严地拒绝了：“假如你和孙韵君决裂，这个家的门随时向你敞开。但倘若是因为人家抛弃你、结婚了或死了，你回到我这里，对不起，我绝不接收。”

有原则、有骨气，蒋碧微活得洒脱。她不必靠摇尾乞怜获得一个男人的爱。何况这份爱，已经变质，不再纯粹。

几番拒绝后，徐悲鸿遇到了一个小他28岁的年轻女生廖静文。为了和她结婚，徐悲鸿故技重施，再次登报发表声明——“悲鸿与蒋碧微女士，因意志不合断绝同居关系，已历八年，中经亲友调解，蒋女士坚持己见，破镜已难重圆，此后悲鸿一切与蒋女士毫无干涉。兹恐社会未尽深知，特此声明”。

划清界限，恩断义绝。

蒋碧微看了这份启事后，毅然斩断内心的最后一丝温存与念想。她将报纸剪下来，镶在玻璃镜框里，放在客厅正对大门的书架上，命名为“碧微座右铭”，时刻提醒着自己，这辈子，不要做一个逆来顺受的弃妇，也不要做一个凄凄惨惨的怨妇，而要做一个爱憎分明的勇敢女子。

她不顾众人异样的眼光，悲愤地将徐悲鸿告上法庭，并提出了在外人看来十分苛刻的条件——“现款100万元，古画40幅，徐悲鸿的作品100幅，作为她今后的生活费。此外，还须将每月收入的一半交给她，作为儿女抚养费，并赠送早年在法国为蒋碧微画的一幅肖像——《琴课》”。

“我要很多很多的爱，如果不能，那就要很多很多的钱。”

这句至理名言，有它存在的道理。

爱情没了，面包不能没有。

又有人说，蒋碧微并不像外界所传的那么势利拜金、刁钻无理。她这么做的目的，是因为她知道货币贬值剧烈，徐悲鸿的画却价值连城，有了这些画，在那个局势动荡的年代，就算哪天没有了收入，也不用愁没有生活来源。

她原本只想要爱情，但遭遇负心背叛让她明白了一个道理：只有钱，才能保留她最后的体面。

事后证明，蒋碧微的眼光是长远的、做法是正确的。据说，她后来去了台湾，独自抚养孩子，靠着售卖徐悲鸿的画作为经济支撑，有车有房，从没有向任何人借过一分钱。

她底气十足，过着体面又有尊严的日子。

一个女人倘若离了婚，手里又没有钱，日子必定过得捉襟见肘、凄凉无比。

蒋碧微告诉我们，一旦婚姻遭遇变故，矫情委屈、哀怨纠缠是没有任何意义的。不如好好爱自己，为自己谋取最大利益。

自知理亏的徐悲鸿答应了蒋碧微的一切条件。

离婚那天，徐悲鸿提着一麻袋的钱和画去找蒋碧微。

蒋碧微轻松愉悦地点清了钱，在离婚书上潇洒地签了字，就高高兴兴地去打麻将了。有人说，她打了一个通宵。

相反，徐悲鸿面色苍白、神情落寞。

这两个人的表现，形成了鲜明的对比。

其实，我在想，婚姻不是非黑即白。对曾经深深相爱过的两个人而言，一段感情的消逝总有它的原因。对蒋碧微而言，徐悲鸿是她前半生最重要的男人，她赴汤蹈火，全心全意地待他。在遭受背叛和羞辱后，她的心变得坚硬，不再柔软，不再温情。

余生，蒋碧微对徐悲鸿只有无休无止的怨和咬牙切齿的恨。

“我从 18 岁跟他浪迹天涯海角，20 多年的时间里，不但不曾得到他一点照顾，反而受到无穷的痛苦和厄难……”在蒋碧微的自传里，徐悲鸿是一个醉心艺术、不理会家庭、不体会妻子感受的自私男人。她认为徐悲鸿给她带来的是一场自由的私奔、快乐的新婚、多年的奔波困窘、一次背叛、为与两个女人订婚两次公开登报片面声称与蒋碧微断绝夫妻关系的人格侮辱。

“受辱以后也就留下了永远无法消弭的憎恨。”蒋碧微说，“关于我们两个人的事，我有一个比喻，仿佛一件很精美的瓷器，不幸被你打破了。尽管你找到最高明的工匠把它修补好，但是，这条裂痕永远是除不掉的，我宁可将它打碎，也不愿有假的完整。”

内心残留着这条裂痕，蒋碧微和徐悲鸿至此老死不相往来。

05

如果说徐悲鸿是蒋碧微前半生最浓墨重彩的一笔，那么张道藩则是蒋碧微后半生不可或缺的角色。

初次邂逅张道藩，是在中国驻德国公使馆的一次酒会上。当时，张道藩的身份也是一名青年画家。

“只是因为在人群中多看了你一眼，再也没能忘掉你的容颜，梦想着偶然能有一天再相见，从此我开始孤单地思念。”

这首《传奇》的歌词，简直是张道藩见到蒋碧微后的心理写照。

那次酒会上，张道藩对风姿绰约、雍容华贵的蒋碧微一见钟情。为了表达爱意，张道藩寄了一份热烈、直白的情书给蒋碧微。

彼时，蒋碧微还是有夫之妇，自然不敢贸然接受这份心意。

她拒绝了张道藩。面对着张道藩的求爱，蒋碧微表现出的是女性的矜持。她对张道藩说：“你我都知道，恋爱就像攀登一座山峰，往上爬的时候，两个人紧紧相随，如痴如醉；一旦到了峰顶，往后的路就只能是下坡。道藩！你懂得其中的道理，更知道该怎么做，不是吗？我始终认为，除了夫妻，男女之间最珍贵的爱应该局限于精神的层面。”

失意之下，张道藩与一位名叫素珊的法国姑娘结了婚。

原以为，有着各自感情归宿的两人会像两条平行线一样，再无交集。

然而世事难料。

当得知徐悲鸿出轨、蒋碧微与他闹得不可开交时，张道藩的出现仿若一股暖流，渐渐温润着蒋碧微那颗早已失落的心。

两人开始了频繁的通信。

此时，张道藩开始了跻身国民党上层统治集团的政治生涯，春风得意。他在兵荒马乱的年代中，一次次倾尽全力保护蒋碧微，让她不受丝毫伤害。

终于，对徐悲鸿失望至极，内心深处渴望爱、渴望温暖的蒋碧微敞开心扉，接纳了张道藩，并和他走到了一起。

1949 年，国民党撤离大陆，张道藩安排蒋碧微前往台湾。在这座孤岛上，他们同居 10 年，朝夕相守。

蒋碧微的下半生，一直以情妇的身份与张道藩相伴。

可是，没有到老。

远在异国他乡的素珊写信给蒋碧微，倾诉内心的痛苦："道藩有一种浪漫想法，就是平两地之情，各安一室，你也是一个女人，明白一个妻子要用多大的毅力和宽容，方能克服心里的不平。"

蒋碧微看完信后，内心被深深触动。昔年，她是如何憎恨孙多慈这样的第三者，恨她夺走了丈夫的心，害她离婚、家庭破碎。如今，她自己却成了不折不扣的第三者，将曾经的痛苦、愤懑、绝望，全部转嫁到另一个无辜的女人身上。

蒋碧微深感愧疚，她决定放手，成全那个其实一直不属于自己的男人，让他重新回归家庭、安度晚年。

她在留给张道藩的最后一封信上，情深意切地写道："感谢你给了我那么多温馨甜蜜的回忆，我们有整整 10 年的时间晨昏相对，形影不离。10 年，我们尽了 3650 日之欢，往事如过眼云烟，我们的情愫也将结束，祝你重享天伦之乐。”

而张道藩为了政治前途，在权衡利益后，倦鸟知还，彻底结束了这段长达 30 年的爱情长跑，至死也没有回到蒋碧微的身边。

余生，蒋碧微孑然一身，度过漫漫长日。

06

她将自己的一生，诉诸笔端，写成了回忆录。50 万字的长卷，道尽了她和两位男人之间的爱怨纠葛、悲欢离合。上卷名曰《我与悲鸿》，下卷名曰《我与道藩》。

对于徐悲鸿，蒋碧微在字里行间依旧充满怨怼。她尖酸刻薄地指责徐悲鸿不忠、背叛、离弃。对于张道藩，她却极尽溢美之词，仿佛这段爱情如梦如幻、美不胜收。

其实，蒋碧微是矛盾的。

当年，她听闻徐悲鸿逝世，身边还珍藏着早年与她同在巴黎买的怀表这一消息时，顿时潸然泪下、悲泣不已。

而蒋碧微去世的时候，卧室里还挂着当年徐悲鸿在巴黎为她画的《琴深》。

张道藩赠送给她的画，则全部挂在客厅。

情之薄厚，已高下立判。

有人说，徐悲鸿一直幽居在蒋碧微的心间。

也许她至死都没有原谅他。但，她放得下天地，却从未放下过徐悲鸿。所以，她以“恨”的方式爱了他一辈子。

相濡以沫，未曾相忘于江湖。走出一段感情的表现是，你逐渐释然地意识到，他的人生，与你无关。

可是到白发苍苍的那一刻，蒋碧微对徐悲鸿的依旧充满无边无际的恨意。或许，她依然没有放下那段过往。

爱之深，恨之切。

蒋碧微自己曾说过，如果不是 18 岁的那一场私奔，她的人生可能是另一番模样。

可命运让她遇见了徐悲鸿。

国画大师徐悲鸿一生画了无数的女人，画得最多的、画得最好的还是蒋碧微。

有一段话曾高度评价蒋碧微：徐悲鸿一生的情感世界与三个女人都脱不了干系，如果把她们比喻成三朵不同的玫瑰花，那么依次应该是蓝色妖姬、白玫瑰、红玫瑰。

“蓝色妖姬”孙多慈妖娆地美，但花期短暂；“白玫瑰”廖静文开到极致，却过于冷清；只有红玫瑰蒋碧微，又娇艳、又热烈，为爱，不疾不徐开了一程又一程。

蒋碧微最夺目之处，当属她的痴与狂。她总是痴狂地为爱燃烧，似千万朵里最艳的一朵，纵使“男女之间的‘情’好比手指上初期的癌肿，不下决心割掉，最后会延到全身，连命都难保”，但她还是那么不争不计地毫无保留地开放了。

逃婚、私奔、地下恋、离婚、做情妇，每一件事情拆开来看都潦倒不堪。蒋碧微差一点就成了萧红，就成了张爱玲，就成了丁玲，但是她没有。她在颠沛流离中，始终没有失掉自己的风度姿态，她是“高山巨瀑”，是女人当中难得的壮美者。

起初，我也欣赏蒋碧微。这个特立独行的女子，在年少时为爱奔走，在中年时为爱决绝，在暮年时为爱成全。她的一生，活得肆意，活得骄傲，活得勇敢，也活得自在。

但终其一生，她的内心深处是不快乐的。因为到老、到死，她都没有原谅徐悲鸿，仍对当年爱人的背叛耿耿于怀、切齿痛恨。

生命太短暂了，没时间恨一个人那么久。

否则就是一种自我折磨、自我摧残。

据说，在晚年孤苦无依的日子里，陪伴在她身边的，始终是卧室里那一幅《琴课》。徐悲鸿的其他画作，蒋碧微都捐出去了，唯独这一幅，她刻骨铭心、念念不忘。这是当年在法国时，在最落魄的日子里，她和徐悲鸿爱情的美好见证。

相爱是真的，辜负也是真的。

当爱已成离歌，放下，是唯一正确的选择。

否则会伤害了别人，也灼伤了自己。

恨是一种执着，时间长了不愿放下，就更恨了。爱的反面不是恨，而是放下。

彻底的放下，是再也不会执着和你有关的一切，你再也不能勾起我的喜怒哀乐，任世间花开花谢，我的人生再也与你无关。

陆小曼｜毁了爱情，输了人生

最好的爱情是平平淡淡，所有不切实际的幻想，都会以悲剧收场。

01

前段时间，参加大学校庆，见到了很多久违的面孔。大家的心情都异常激动，也纷纷感慨，白驹过隙，岁月无情，如今已过而立之年的我们都是中年人了。

然而，让我们最惊讶的是班长小青的变化。

说起小青，当年她可是我们班上的风云人物。她家境殷实，长相出众，成绩优异。我们都羡慕她的人生拿了一副好牌。

毕业后，各奔东西。

再见时，我们都不相信自己的眼睛。如今的她，身材臃肿，面带愁容，老气横秋，从一个灵动的少女变为了油腻的中年大妈。

可能小青做梦也不会想到，自己有一天会变成这个样子。

从聊天中，我们得知，这些年，小青的生活过得不如人意。

她父母做生意失败，家里不再大富大贵。小青毕业工作两年后，嫁给了当地的一名公务员，生了两个女儿。

在许多人眼中看来，这种生活其实过得去，并没有那么差。

但小青不这样认为，她觉得自己没生儿子，低人一等，且娘家的背景不再强大了，自己在婆家的地位岌岌可危，所以她处处摆出一副争强好胜的样子，不甘心被欺负。和老公掐架，和婆婆对立，和女儿争吵。久而久之，家里人都怕她、疏远她。

后来，和小青走得比较近的同学小莉告诉我们，其实这一切不如意都是小青自己造成的。小青的老公踏实善良，从不介意小青没有生儿子的事；婆婆通情达理，任劳任怨地帮忙带孩子；两个女儿漂亮可爱、懂事听话。

生活不像想象中的那么糟糕。

小莉总结道，小青就是太作了，明明握着一手好牌，却不好好珍惜，不懂得经营好人生，让日子过得一塌糊涂。

这就像当年的陆小曼，原本可以拥有如花般的人生，最后却吞咽着自己酿造的苦果，以苍凉的姿势过完余生，令人扼腕。

02

说起陆小曼，大家首先想到的是她和才子徐志摩之间那段轰轰烈烈的爱情故事。但抛开徐志摩遗孀这一身份，她还是一名翻译家、文学家、画家，是一位名副其实的民国才女。

十六七岁时，陆小曼就精通英、法两国语言。当时北洋外交总长顾维钧需要一名精通英语和法语、年轻美貌的姑娘去外交部工作，陆小曼作为不二人选，成为顾维均的英、法文随行翻译。她的英语、法语地道纯正，闻名遐迩。

陆小曼在文学上也颇有造诣，能写一手漂亮的古体诗和新诗。

现代杰出画家刘海粟评价说："她的古文基础很好，写旧诗的绝句，清新俏丽，颇有明清诗人的特色；写文章，蕴藉婉约，很美，又无雕凿之气。"

陆小曼还是一位杰出的画家。她举办过个人画展，展出过的作品达一百多幅，有山水卷，也有花鸟虫鱼卷，赋色清丽雅致，格调脱俗，技艺精湛，轰动一时。她的作品还入选全国美展，得到众多名家的高度赞赏。晚年的陆小曼还是上海中国画院专业画师、上海美术家协会会员。

此外，陆小曼在戏剧、昆曲上的成就同样不容小觑。她与徐志摩合作的唯一一部鲜为人知的作品《卞昆冈》，得到著名戏剧家余上沅的高度认可："他（徐志摩）的内助（陆小曼）在故事及对话上的贡献，那是我个人知道的。志摩的北京话不能完全脱去硖石土腔，有时他自己也不否认；《卞昆冈》的对话之所以如此动人逼真，那不能被含糊的是小曼的贡献——尤其是剧中女人说的话。"

陆小曼斐然的成就，与她的天赋有关，更得益于她优越的家庭背景。

陆小曼出生在一个显赫的书香世家里。父亲陆子福是晚清举人，曾留学日本，参加过孙中山先生的同盟会，是日本名相伊藤博文的得意弟子。南京国民政府成立后，他任财政部赋税司司长、中华储蓄银行行长。母亲吴曼华，名门闺秀，多才多艺，擅长手工笔画，有很深的古文功底。

作为家庭 8 个孩子中唯一幸存下来的孩子，陆小曼是父母的掌上明珠，自幼备受父母宠爱，接受了最好的教育。7 岁，陆小曼进北京女子师范大学附属小学读书，9 岁到 14 岁在北京女子中学读书，后转入法国北京圣心学堂。在学校，陆小曼聪慧活泼、才华横溢，众星捧月般地被大家称作“皇后”。

除了满腹才华，陆小曼还拥有美丽的容颜。

胡适说：“陆小曼是一道不可不看的风景。”

刘海粟说：“美艳绝伦，光彩照人。”

徐志摩说：“一双眼睛也在说话，眼光里漾起心泉的秘密。”

王映霞说：“她确实是一代佳人，我对她的印象，可以用‘娇小玲珑’四个字概括。”

就连徐志摩的前妻张幼仪也说陆小曼是个天生的美人坯子。

20 世纪 20 年代初，陆小曼的名气在北平交际圈里越来越大。当时有“南唐北陆”的说法。“南唐”指的是上海的大美人唐瑛，“北陆”就是指北平大名鼎鼎的陆小曼。

集艳丽容貌、富有家世、出众才情于一身，陆小曼简直是上帝的宠儿，运气好得不得了，手握一副绝世好牌。

如果按正常轨迹发展下去，陆小曼的人生应该很圆满。但她恰恰太作了，不仅作践自己，也作践他人，有很明显的性格缺陷，这导致她的后半生异常孤苦、凄凉。

翻看陆小曼晚年时的照片，她的神采已不再。隔着时空，我们已经难以捕捉到她昔日的风采。想当初，她曾是多少男人梦寐以求的“女神”。

据说，当年陆小曼的家里，求婚者络绎不绝，门槛都被媒人踏破了。陆小曼的父母自然也像时下的父母一样，迫切为女儿把好关，渴望找到一个门当户对的女婿，让女儿一生幸福。

当他们看到王庚时，都对这个相貌堂堂、学有所成、人品极好的男子颇感满意。

以当下的择偶标准看，王庚确实是不可多得的乘龙快婿。他毕业于清华大学，后赴美留学，在美国西点军校学习军事，回国后任高级军官、中国陆军中将。

面对父母之命，那年才 19 岁、对情感还不甚了解的陆小曼接受了这桩婚姻。结果证明，两人的结合是一个悲剧。

王庚生性刻板、木讷、沉着，眼里只有事业、工作。而陆小曼任性、贪玩、多情，骨子里追求浪漫、热闹，需要社交、娱乐。夫妻二人性格差异太大，缺少共同语言。这让陆小曼十分苦闷。

她在日记中埋怨：“在她们（母亲）看来，夫荣子贵是女子的莫大幸福，个人的喜、乐、哀、怒是不成问题的，所以也难怪她不能明了我的苦楚。”

1924 年底，王庚被任命为哈尔滨警察局局长。陆小曼十分不情愿地跟随丈夫去了哈尔滨。

结果没几日，陆小曼就闹着要走。她讨厌这里的生活，没有圈子，没有喧哗，一个人在家冷冷清清。

“从前多少女子，因为怕人骂、怕人背后批评，甘愿牺牲自己的快乐与身体，怨死闺中，要不然就是终身得了不死不活的病，呻吟到死。这一类的可怜女子，我敢说十个里面有九个是自己明知故犯的，她们可怜，至死不明白是什么害了她们。”

受过“西风”的吹拂，接受的是开明的现代教育，此时的陆小曼不再认同过去女人的生活，仿佛看透老一辈女人生活的无聊和无奈。她逐渐意识到，她不想成为像母亲那一辈的女人，只会在家相夫教子、伺候公婆，老死一生。

此时的陆小曼，已经不是完全意义上的传统女性。她开始觉醒，希望追求自由恋爱、自主婚姻。

她又是一个矛盾体，虽然觉醒，但又不积极反抗，只是消极地生活。“与一些和她命运相同的权贵千金小姐、太太们一起出去吃饭、喝酒、打牌、捧戏子、跳舞、唱戏，过着名媛富足而百无聊赖的生活。很晚才回家，晚睡晚起，整天萎靡不振，生活没有目标，没有信心，对什么都漠不关心。”

对此，王庚颇有微词。他曾苦口婆心劝陆小曼修身养性，放弃这种纸醉金迷的生活。陆小曼却苦闷地认为丈夫不了解她、不呵护她。

当一个理想主义者遇到一个现实主义者，注定是格格不入的。

陆小曼只能在日记里倾诉烦恼：“其实我不羡富贵，也不慕荣华，我只要一个安乐的家庭、如心的伴侣，谁知连这一点要求都不能得到，只落得终日里孤单，有话都没有人能讲，每天只是强自欢笑地在人群里混。”

03

自幼在蜜罐里长大的陆小曼没有真正经历过大风大浪，她的骨子里全是矫情。因此，她急切需要一场轰轰烈烈、浪漫无比的爱情，需要一个了解她、理解她、安慰她、关心她、欣赏她、爱护她的知己，需要一个和她一样的理想主义者、浪漫主义者。

当英俊潇洒、风流倜傥的诗人徐志摩出现在陆小曼的世界时，就像一道阳光洒进了其原本阴暗的心间，陆小曼的人生顿时明媚起来。

陆小曼向徐志摩热烈地敞开心扉：从前，她只是为别人而活，从没有自己的生活，她的生活都是别人安排好的，是别人要的，不是她要的。王庚是父母看上的，是他们押的宝。她生活在牢笼中，生活在铜墙铁壁中，生活在张开的大网中，几乎窒息得无法喘气，可是没人理解她，也没有理睬她的感受。

徐志摩则灌输给她新的理念和思想，鼓励她要“力争自己的人格”，要搏斗，寻找自己需要的生活和爱人。

金风玉露一相逢，便胜却人间无数。

陆小曼和徐志摩相爱了。

两人爱得轰轰烈烈、天崩地裂，全然不顾伦理道德、不顾社会舆论，掀起轩然大波。

遭受妻子背叛的王庚内心格外痛苦，他希望陆小曼回心转意。

但陆小曼去意已决。

《小曼日记》中说王庚：“可恨昨天才写得有趣的时候，他（王庚）突然回来了，我本想一个人舒舒服服地过几晚清闲的晚上，借着笔发泄发泄心里的愁闷，谁知又不能如愿。”

而《小曼日记》中说徐志摩：“他知道我，他简直能真正地了解我。我也明白他，我也认为他是一个纯洁天真的人，他给我的那一片纯洁的爱，使我不能不还给他，一个整个的、圆满的、永没有给过别人的爱。”

相比之下，徐志摩已完完全全占据了陆小曼的心。

为了得到陆小曼，徐志摩煞费苦心、费尽周折。他先亲自登门拜访陆小曼的母亲，希望家长成全他们的婚姻，还找来朋友刘海粟，约王庚谈判。

尽管内心十分不情愿，但明白陆小曼的心意后，王庚只好大度放手并祝福他们。

面对王庚的祝福，陆小曼没有感动。

此刻，她正怀着王庚的孩子。但为了嫁给徐志摩，她瞒着这两个男人，偷偷跑去堕胎，这使得原本就体弱的她从此落下病根，并终生不育，成为她一生的遗憾。

陆小曼的侄孙邱权说："我姑婆和王庚离婚的时候，已经怀孕了，但是姑婆非要把这个孩子给打掉，当时那个社会里，堕胎好像是很不传统的那么一回事，但是我姑婆很坚持（堕胎）。"

为了爱情，陆小曼什么都可以放弃。

徐志摩的好友、作家凌叔华对陆小曼的爱情中肯分析道：夫妻的关系是限制的关系，爱情存在时是情侣，爱情消失或转化为亲情后，当一方还有爱的需求时，就变成了怨偶。婚姻、家庭对于个人，有时是爱巢，有时可能就是围城或坟墓。陆小曼是第一个敢于离婚追求爱情的名媛。

陆小曼的母亲说，小曼是因为接触徐志摩这种人和看小说太多才导致离婚的。

太多非议、太多不解、太多嘲讽向陆小曼和徐志摩袭来，但两人还是冲破层层阻挠，选择了一个十分浪漫的日子——牛郎织女相会的农历七夕，举行了盛大的婚礼。

然而在新婚典礼上，证婚人梁启超的新婚祝词振聋发聩，让所有人惊愕不已。这或许是史无前例的婚礼祝词了。

梁启超说："徐志摩，你这个人性情浮躁，所以在学问上没有成就，你们两个人都属用情不专，以至于离婚后再娶再嫁，以后务要痛改前非，重新做人。"

忠言逆耳，可对当时正沉迷在爱海里的徐志摩和陆小曼来说，犹如耳旁风。

新婚宴尔，两人恩爱缱绻，度过了一段世外桃源般的生活。

04

相爱容易，相处太难。

婚后，不改本性的陆小曼依然迷恋十里洋场的奢靡生活，跳舞、看戏、打牌，夜夜笙歌，通宵达旦，好不快活。

此间，陆小曼得了哮喘和胃痛之疾，整日与药炉相伴，找遍名医都不得治。后经人介绍，认识了翁瑞午。

他给陆小曼带来了缓解疼痛的两样东西——推拿和鸦片。

购买鸦片的费用是一笔很大的开支。

陆小曼从小到大都过着养尊处优的生活，对金钱没有概念。她当然不知道，她每个月挥金如土，要花费五百到六百大洋（相当于今天的四、五万人民币），是多么的奢华。

彼时，徐家因不满徐志摩娶陆小曼，已断了徐志摩的所有经济支持。为了养家糊口，应对家里巨大的开销，徐志摩变成了一个永不停歇的陀螺，不辞辛苦地在众多高校执教，经常北平、上海来回跑，还倒卖字画换钱。

徐志摩深爱着陆小曼，为了给予她幸福奢华的生活，甚至不介意她和翁瑞午的暧昧关系，劝导她戒除鸦片，不要放弃绘画和写作。

可是两人还是在婚姻的磨合中心生间隙。

“志摩对我不但没有过去那么好，而且干预我的生活，叫我不要打牌，不要抽鸦片，管头管脚，我过不了这样拘束的生活。我是笼中的小鸟，我要飞，飞向郁郁苍苍的树林，自由自在。”

就这样，陆小曼将自己的幸福生活一点点地摧毁了。

1931 年 11 月，徐志摩为了省钱，搭乘免费的邮政飞机前往北平，遭遇空难去世，年仅 31 岁，而遗孀陆小曼才 29 岁。

临行前，徐志摩和陆小曼还在家里大吵一架，陆小曼用烟枪打碎了徐志摩的金丝眼镜。

第二天醒来，最爱的人已不在身边，而是去了另外一个世界，从此阴阳相隔。

毋庸置疑，陆小曼追悔莫及，哭晕数次。在徐志摩死后一个多月，她写了篇情真意切、感人肺腑的悼文《哭摩》：“我和志摩的爱情得不到世人的认可，我追求的安稳从未有过，但我从不在意世人如何评价我。当志摩死后，我人生中灿烂繁盛的所有都不复存在。我爱烟袋里吹出的股股青烟，因为它使我暂时告别疼痛，使我麻痹，让我可以朦胧恍惚中听到摩在我耳边为我吟诗。我把寂寞融进余生哀凉的画卷中，我想带着那幅山水长卷一同归入云里，枕着摩的肩膀告诉他：你的诗篇可以永流于世了，我终于随你来了。”

有人说，陆小曼的一生，分成两个部分。前半部分，从少女时代孤芳自赏、众星捧月的公主、皇后生涯，到被人追捧、簇拥的社会名流生涯；后半部分，则是在徐志摩死后，整顿衣裳起敛容，荆杈布裙素面天，洗尽铅华，戒烟作画。

可以想象，后半生的陆小曼内心充满了自责和悔意，以及深深的思念。

“摩，我在这叫你呢，我喉咙里叫得直要冒血了，你难道还没有听见么？直到铁树开花、枯木发声，我还是忍心等着，你一天不回来，我一天地叫，等着我哪天没有力气了，我才甘心地丢开这唯一的希望。”

王映霞也回忆道：“小曼是爱志摩的，始终爱志摩。他飞升以来，小曼素身裹衣，我从未见她穿过一袭红色的旗袍，而且闭门不出，谢绝一切比较阔气的宾客，再也没有去舞厅跳过一次舞。”

陆小曼为徐志摩彻头彻尾改变了，从此深居简出，不施粉黛，不修边幅，一下子苍老，不再是那个身姿绰约、不谙世事、风华绝代的女子。

她的余生，就只剩下两件事情：绘画和整理徐志摩的文集。

《爱眉小札》是陆小曼整理的徐志摩日记，将两人刻骨铭心的恋情完完整整公布于世，被称为20世纪中国文学史上唯真唯美的佳作。

陆小曼的卧室里，也长年悬挂着徐志摩的大幅遗像。隔三岔五，陆小曼总要买一些鲜花祭奠徐志摩。

“艳美的鲜花是志摩的象征，他是永远不会凋谢的，所以我不让鲜花有枯萎的一天。”

如果陆小曼的情感在此戛然而止，或许她还能博得“深情”这一名号。可是陆小曼一边怀念着徐志摩，一边和已有妻室的翁瑞午保持着同居关系。

在此后长达30多年的生涯中，在经济上和精神上无依无靠的陆小曼一直得到翁瑞午的接济和供养。这个男人，变卖了家中所有的收藏品，在最艰难的岁月里，始终陪伴在陆小曼的身边照顾她，无微不至，不离不弃。

05

“新山水画”代表画家傅抱石评价晚年的陆小曼：“陆小曼真是名不虚传，堪称东方才女，虽已年过半百，风采依旧。”

可看过陆小曼晚年照片的人都知道，随着时间的推移，陆小曼又不曾保养，美丽容颜已经不复存在。“因为吃鸦片的缘故，身体越发虚弱，牙齿全部脱落，牙龈都是黑的，脸色泛青，头发蓬乱，大半时间缠绵病榻。”但翁瑞午依然一往情深，端茶递水，供其医药饮食。在 20 世纪 60 年代，物资奇缺的那几年，翁瑞午将香港亲戚寄来的副食品 90% 都奉献给了陆小曼。

在临终前，他还念念不忘地交代亲朋好友：“今后拜托多多关照小曼，我在九泉之下也会感激不尽的。”

翁瑞午去世后，翁家人依旧将陆小曼视作亲属照看。

无疑，翁瑞午也是深爱陆小曼的，不然不会如此款款深情。

但陆小曼对他说：“我们只有感情，没有爱情。”

尽管外界猜测、非议、质疑，但对陆小曼而言，此生，她的爱情只给了徐志摩一人。

前夫王庚在徐志摩死后，曾找陆小曼再续前缘，被陆小曼一口回绝。

王庚也是情深似海的男子，在离开陆小曼后一直没有娶亲，终生无后。

翁瑞午与陆小曼生活的时间最长，可到头来，还是没能真正走进陆小曼的心里。

陆小曼将全部的爱与痛，毫无保留地交给了徐志摩。

走到生命的尽头，她不忘将《徐志摩全集》的手稿样本与纸版收集给了徐志摩的表妹夫陈从周，并再三嘱咐一定要将其出版，还喃喃自语“志摩要来接我了，他要来接我了”！她殷切希望和徐志摩合葬，但这个心愿最终落空。

陆小曼是幸运的，她的美曾惊艳了一个时代，同时她的天赋与努力让她成就斐然、才华夺目。

但陆小曼又是不幸的，与她密切相关的男人，都没有落下一个好的结局。她的后半生都活在外人的指责和谩骂中，徐志摩的许多好友，何竟武、林徽因、金岳霖等不肯原谅她，一致认为她是害死徐志摩的凶手，纷纷与她绝交。而徐家父母对她更是恨之入骨。

她的余生，在经济上无法独立，在精神上没有依靠，只能无名无分地和翁瑞午同居，打发寂寥的日子。

与前半生的绚烂、辉煌相比，29 岁后的陆小曼落魄、凄凉。

犹如烟花，耀眼过后便是陨落。

“她那时候还太年轻，不知道所有命运赠送的礼物，早已在暗中标好了价格。”《断头王后》里的这句经典台词，同样适合陆小曼。

年轻时，陆小曼有才有貌，有男人的宠溺，可是她不够清醒、不够理智，不懂珍惜、不懂呵护，而是任性地挥霍身上的资本，活生生将一副好牌打烂。

每个人一来到这个世界，手上都握着一副牌，有好牌也有坏牌。

拿了好牌，骄傲放纵，肆意张扬，不好好把握，最后一样全盘皆输。而人生的成功不在于是否拿到一副好牌，而在于怎样将坏牌打好。倘若陆小曼在年轻时能晓得这层道理，她的人生完全可以推翻重来，活出另一番天地。

张兆和｜在婚姻里，灵魂的契合比爱重要

在婚姻里，合适比爱长久，懂得比爱重要，迁就比爱完美。

01

伯父的孙女小菡今年刚上大学。

19岁的年纪，出落得亭亭玉立、娇俏迷人，再加上成绩优异，才华出众，追求者甚多。这个年龄段的优秀女孩，大多心高气傲。小菡也不例外。她对那些追求她的男生不屑一顾，甚至还在背地里偷偷地为每个人编号，向我们炫耀其追求者众多。

我忍俊不禁，这种做法，和年轻时的张兆和如出一辙。

当年，张兆和清秀可人、学习成绩优秀，是校花级的风云人物，

每天可以收到十多封情书。清高的她一律不回这些情书，只是把写情书的男生一一编号："青蛙 1 号""青蛙 2 号"……

面对众多条件相当的追求者，最终，张兆和却选择了家世背景不上档次、大她 9 岁的老师沈从文。

张兆和的二姐张允和说，沈从文当时连"癞蛤蟆 12 号"都算不上。可见，沈从文在众多追求者中是多么缺乏竞争力。

沈从文来自遥远的湘西，只有小学文凭，14 岁投身行伍，20 岁怀揣文学梦，北漂来到京城。没有任何经济来源的他，在北京大学旁听，靠不辞劳苦地打工和笔耕不辍地写作，支撑着自己的梦想。在生活极度困顿、走投无路的情况下，他曾写信向郁达夫求助。

沈从文的处境让郁达夫深感同情。他特地登门看望了这位有才华的湘西青年，慷慨解囊，并写下激愤的《给一位文学青年的公开状》。

在郁达夫的帮助下，沈从文得到了文坛的关注。随后，他的作品陆续在多家报刊上发表。经过 4 年的努力，当他迁居上海，与丁玲、胡也频一起创办《红黑》杂志时，已是一位小有名气、前途似锦的青年作家了。

从一个连标点符号都不会用的湖南乡下人，到用手中的一支笔打出一片天地的作家，沈从文的毅力与才华，可见一斑！

02

1929 年，已声名鹊起的沈从文得到了徐志摩、胡适等人的赏识，被引荐到上海中国公学讲课，主讲现代文学。

第一天登上讲台，面对黑压压的一片人群，生性木讷的沈从文心慌意乱，呆立了十几分钟，臊红着脸，紧张地说不出话来，最后只好转身在黑板上写道：“第一次上课，见你们人多，怕了！”

全场哄堂大笑。

台下的张兆和也笑了，这哪是潇洒倜傥的教书先生?

初次相遇，沈从文没有给张兆和留下好的印象。

但张兆却深深吸引了沈从文。

当时的张兆和，追求者无数。17 岁时，她便作为第一批女生进入中国公学预科。她不仅功课好，而且人长得漂亮：额头饱满，鼻梁高挺，秀发齐耳，下巴稍尖，轮廓分明，清丽脱俗……皮肤稍微有点黑，大家称其“黑牡丹”。

张兆和还是一位不折不扣的千金小姐。

张家是合肥的名门望族，有良田万顷，张兆和的曾祖父张树声历任两广总督和代理直隶总督。其父亲张冀牖独资创办了苏州女子学校，喜交名流，投资教育事业，蔡元培是他的座上宾，胡适是他的好友。张家有四个女儿，元和、允和、兆和、充和，人称“张氏四姐妹”，在知名度上仅次于“宋家三姐妹”，被称为最后的大家闺秀，个个兰心蕙质、才华横溢。

张兆和在家中排行第二，因此后来在沈从文的情书里，她被温柔地称作“三三”。

文学家叶圣陶说，九如巷张家的四个才女，谁娶了她们都会幸福一辈子。

正因如此，张兆和是清高的、骄傲的。

在她的光芒面前，沈从文显得有些谦卑。

大家都嘲笑他是乡下人。

可是，当爱情如洪水一样袭来时，任何力量都阻挡不了。

在给友人王际真的信里，沈从文袒露道："我在此并不体面地爱上了一个学生，我把一切做人的常态的秩序全毁了。"

确实毁了。

从沈从文无可救药地爱上张兆和的那一刻起，他整个人就如飞蛾扑火般，充满一种炙热而坚韧的爱意。

他不敢当面向张兆和表白，而是采取他擅长的手段——文字，掏心掏肺地表达赤裸裸的情感。

第一封情书，沈从文以飞扬的文采这样开头："不知道为什么，我忽然爱上了你！"

张兆和看了，随手将信扔在了一旁，并给这封求爱信编号为"青蛙 13 号"。随即，发现这个名字太文雅，便改名为"癞蛤蟆 13 号"。

这个"癞蛤蟆"，太异想天开了，竟想吃天鹅肉？张兆和对她的这位老师并不感兴趣，他压根入不了她的法眼。

耀眼夺目的张兆和怎么可能接受这个乡巴佬？

但沈从文锲而不舍，屡战屡败，屡败屡战。

一封封情书像雪花般飘到张兆和的手里，字里行间透露的都是满满的爱。

"望到北平高空明蓝的天，使人只想下跪，你给我的影响恰如这天空，距离得那么远，我日里望着，晚上做梦，总梦到生着翅膀，向上飞举。向上飞去，便看到许多星子，都成为你的眼睛了。"

"在青山绿水之间，我想牵着你的手，走过这座桥，桥上是绿叶红花，桥下是流水人家，桥的那头是青丝，桥的这头是白发。"

滚烫而真挚的情话，在今天读起来，依然可以作为情书范本，令人动容。

沈从文不愧是“情话王子”。

但这些寄出去的信，石沉大海，没有在张兆和的心里泛起一丝涟漪。

可沈从文毫不退缩，偏执地写着：“莫生我的气，许我在梦里，用嘴吻你的脚，我的自卑处，是觉得如一个奴隶蹲到地下用嘴接近你的脚，也近于十分亵渎了你的。”

爱到近乎讨好的地步，沈从文的爱情无疑是卑微的。

某年某月某日，我看过一句话。它说，所有的爱情都是卑微的，在你向他敞开心扉的时候，就已经心甘情愿地投降，这本就不是一场势均力敌的较量。而你，偏偏在尘埃中，内心充满喜悦。

突然觉得这句话特别适合形容沈从文的爱情。

为了爱，他低到尘埃里，还开出喜悦的花来。

可感动了自己，却感动不了对方。

03

在强烈的情书攻势下，张兆和依然反应冷淡，内心如磐石，不为所动。

沈从文只好“曲线救国”，跑去张兆和的闺密面前哭诉他的款款深情，甚至扬言说，如果张兆和坚持拒绝他，他就只有两条路可走，一是刻苦向上，二是自杀。

张兆和不胜其烦。她觉得这不是为人师表的行为，于是跑去校长胡适那里告状。

极度欣赏沈从文的胡适想做月老促成这段姻缘，在张兆和面前说了一番沈从文的好话。

“你答应他吧！他是一个难得的天才，这样的天才需要好好地呵护。何况他顽固地爱你！”

张兆和一脸不屑，不客气地回答：“我顽固地不爱他！”

胡适愕然。他理性地分析道，这个高傲的女子，并不适合内敛的沈从文。

“这个女子不能了解你，更不能了解你的爱，你错用情了。你千万要坚强，不要让一个小女子夸口说她曾碎了沈从文的心。此人太年轻，生活经验太少……故能拒人自喜。”

胡适在信中安慰沈从文，并把写给沈从文的信的副本寄给张兆和。

张兆和在日记中写道：“胡先生只知道爱是可贵的，以为只要是诚意的就应当接受，他把事情看得太简单了……非有两心互应的永恒结合，不但不是幸福的设计，终会酿成更大的麻烦与苦恼。”

张兆和是理智的，爱与不爱，泾渭分明。

沈从文是疯狂的，爱与不爱，我行我素。

面对胡适的劝解、张兆和的拒绝，沈从文没有死心。他表面看起来温文尔雅，其实骨子里一腔湖南人的热血和蛮劲，认准的事九头牛也追不回。

尤其是在他视若生命的爱情面前，他一发不可收拾，延绵不绝地表达着心中的倾慕与爱恋。

灼热的情感，整整燃烧了 4 年。

从上海到北京，从北京到青岛，沈从文的情书依然日复一日地轰炸着张兆和。

“我行过许多地方的桥，看过许多次数的云，喝过许多种类的酒，却只爱过一个正当最好年龄的人。”

后来，沈从文写了这句传颂最广的情话，逐渐融化了张兆和那颗原本冰冷的心。

“爱情使男人变成了傻子的同时，也变成了奴隶，不过，有幸碰到让你甘心做奴隶的女人，你也就不枉来这人世间走一遭。”

沈从文将张兆和奉为心中的“女神”，顶礼膜拜，像奴仆一样，求之不得，日思夜想，充满了美与哀愁。

遇到如此深情的男子，再顽固的女子恐怕都招架不住吧。

沈从文的付出终于有了回报。

“我虽不能爱他，但他这不顾一切的爱，却深深地感动了我，使我因拒绝他而难过。”

张兆和的态度产生了微妙的变化，她不再抗拒这个为爱痴狂、为爱坚守的男人。

1933年暑假，张兆和从中国公学毕业了，回到苏州。

沈从文便追到苏州，并带上贵重的礼物——托尔斯泰、屠格涅夫等俄国作家的英译精装本的小说。

为了这次的像样礼物，沈从文卖了一本书的版权。

张兆和觉得礼物太重，只收下《父与子》与《猎人日记》。

两人的关系有了质的飞跃。

临走前，按捺不住激动的沈从文请二姐张允和去征询张父的意见，并对张兆和说：“如爸爸同意，就早点让我知道，让我这乡下人，喝杯甜酒吧。”

不久，沈从文就欣喜地收到张允和的电报，只一字——“允”。

张兆和还担心沈从文看不懂，于是又拍了一封，写着“乡下人，喝杯甜酒吧”。

至此，沈从文的爱情长跑终于结束。

04

抱得美人归，沈从文的内心荡漾着喜悦和幸福，文学创作也进入了前所未有的高峰期，著名的《边城》就写在那段时期。小说里那“黑而俏丽”的翠翠，是以张兆和为原型塑造的。

而对张兆和来说，爱情在最初时也是甜蜜缠绵的，所以她不在乎是否有面包。裸婚不要紧，重要的是彼此相爱，且以情深共白头。

“长沙的风是不是也会这么不怜悯地吼，把我二哥的身子吹成一块冰？为了这风，我很发愁，就因为我自己这时坐在温暖的屋子里，有了风，还把心吹得冰冷。我不知道二哥是怎么支持的。”

在《行湘书简》中，“三三”张兆和与“二哥”沈从文情意绵绵。

但诗情画意过后，爱情便褪了色，步入了柴米油盐的婚姻现实里。

现代人都在苦苦追问，婚姻中什么最重要？是一致的三观，还是和谐的性格？抑或其他？

其实，双方拥有匹配的人生价值观、足够契合的灵魂，才是婚姻最好的样子。

我爱你，不如我懂你。

廖一梅说：“人这一生，遇到爱，遇到性，都不稀罕，稀罕的是遇到懂得。”

懂得，才是情感里的最高级。

可最初，我们都太年轻，无法看清婚姻真实的面目，以为有满腔的爱意就可以携手终老。当真正步入婚姻、过着有烟火气的生活、陷入一地鸡毛时，我们才恍然大悟：找一个懂你的精神伴侣，人生才能真正有趣和幸福。

而在沈从文和张兆和的婚姻中，作为妻子的张兆和总妄想用自己的价值观改造沈从文，恰恰忘了走进他的内心世界、读懂他的内心感受，因此彼此牵缠了一生，也苦痛了一生。

婚后，两人由于家庭背景、成长经历大相径庭，性格差异太大，导致三观不同、龃龉不断。

沈从文热衷收藏古董文物。有时候，他还会偷偷当掉张兆和的首饰换字画、换古玩。张兆和说他"打肿脸充胖子，不是绅士冒充绅士"。

沈从文爱结交朋友，仗义疏财，张兆和对此非常反感。

沈从文希望生活是浪漫的，张兆和觉得生活是现实的，认为"能够活下去已是造化"。

更让沈从文郁闷的是，张兆和竟然不满意他写的文章，对他写的故事不感兴趣，还挑剔文中的错别字，甚至改动文稿里的语法。

沈从文每次都很生气："你把我的风格搞没了。等你弄完，这些文章就不是沈从文的了。"后来，沈从文写好的文章再也不敢给张兆和看了。

黄永玉曾说："沈从文一看到妻子的目光，总是显得慌张而满心戒备。"

爱一个人，爱到战战兢兢、如履薄冰，这已经不是爱情最初的模样了。

可两人还是牵绊着，与生活较劲。

1937 年，抗战爆发，北平沦陷。沈从文辗转南逃。

张兆和带着孩子留守北平，不愿跟随。原因是孩子需要照顾，沈从文作品太多不方便带走。

是理由还是借口？

沈从文没有责怪，而是苦苦哀求，但张兆和总是推托回避。

失望之下，沈从文在信中说：“你爱我，与其说爱我为人，还不如说爱我写信。”

他甚至怀疑张兆和在北京另有所爱，于是故作轻松大度：“即或是因为北平有个关心你、你也同情他的人，只因为这种事不来，故意留在北京，我也不忌妒、不生气。”

沈从文来信频繁，张兆和则极少回信。

她说：“来信说那种废话，我不爱听，以后不许你讲。此后再写那样的话我不回你信了。”

两人的感情渐渐滋生裂痕，出现不和谐的音符。

最后，在沈从文的百般要求下，张兆和妥协了，带着孩子南下。

战乱中的团聚，没有让彼此倍感珍惜，而是产生越来越多的矛盾。抱怨、误会、争执充斥着他们的生活，他们开始像一对怨偶，难以磨合。

苦闷之下，沈从文精神出轨了。他恋上了一个叫高青子的文艺女青年。

张兆和得知后，没有大吵大闹。为了孩子和家庭，她要极力挽回婚姻。她给高青子介绍对象，迫使她离开。

沈从文经过内心的挣扎和迷茫后，最终回归到张兆和的身边。其实在他的心底，三三永远都是生命里的最爱。

05

但这件事，还是给张兆和的内心造成了伤害，她迟迟不肯原谅沈从文。

1949年新中国成立前夕，全国人民都热情洋溢地奔向新时代，准备拥抱新生活。张兆和也沉浸在这片喜悦的海洋中，只有沈从文在这种氛围中格格不入。他被批为“奴才主义者”，作品是“桃红色文艺”，随后被学生贴大字报，被发配去扫女厕所，患上抑郁症，一度住进了精神病院。

沈从文的儿子后来回忆说：“我们觉得他的苦闷没道理，整个社会都在欢天喜地迎接一个翻天覆地的变化，而且你生什么病不好，你得个神经病，神经病就是思想问题！”

张兆和也不明白：“那时，我们觉得他落后、拖后腿，一家人乱糟糟的。”

绝望中的沈从文选择了自杀，幸亏被及时发现，抢救了过来。

那是沈从文最孤立无援、最痛苦无望的一段时光。全家人都不理解他、排斥他，他游离在一个只属于自己的精神世界里，暗自神伤。

后来，沈从文独自搬到清华园疗养。张兆和没有陪同，也没有去探望。几年的时间里，两人不曾住在一起。只是每天晚上，沈从文回家吃饭，走之前，还要带上第二天的早饭和中饭。

孤寂和伤感在沈从文的心里弥漫，他放弃了挚爱的写作，靠研究学术打发寂寥的日子。

张兆和却以为沈从文“在创作上已信心不大”。其实她不知道，沈从文在决心放弃写作前不久，脑海里已构思了好几篇小说。

她还是不了解他。

两人从未有过深入的心灵对话与交流，彼此也未进入过各自的内心世界。

1969 年，沈从文下放前夕，张允和去看他。站在乱糟糟的房间里，沈从文从鼓鼓囊囊的口袋中掏出一封皱头皱脑的信，又像哭又像笑地对张允和说："这是三姐（张兆和）给我的第一封信。"

他把信举起来，面色十分羞涩而温柔——接着就吸溜吸溜地哭起来。快 70 岁的老头儿哭得像个小孩子一样，又伤心又快乐。

沈从文曾说，一个女子在诗人的诗中永远不会老去，但诗人他自己老去了。

张兆和，一直活在沈从文的精神世界里。

他为她写了大量情意绵绵的情书，也为她写小说。《边城》里的翠翠、《长河》里的夭夭、《三三》里的三三，都是黑皮肤女孩，都是张兆和的影子。

张兆和是沈从文灵感的源泉。可以说，没有张兆和，也就没有《湘行散记》，没有《从文自传》，没有《边城》，没有作家沈从文。

沈从文为张兆和写出了她的灵魂之美。

可很多人都说，张兆和是个红颜，但不是知己。

蒋勋先生说，男女间真正的爱情是建立在像知己一样的关系上。

穷其一生，张兆和都没有走进沈从文的内心世界，去真正探寻过、了解过。

沈从文去世后 7 年，张兆和整理了他的遗作。在《后记》中，她似乎幡然醒悟："从文同我相处，这一生，究竟是幸福还是不幸？得不到回答。我不理解他，不完全理解他。后来逐渐有了些理解，但是，真正懂得他的为人，懂得他一生承受的重压，是在整理编选他遗稿的现在。过去不知道的，现在知道了；过去不明白的，现在明白了……太晚了！为什么在他有生之年，不能发掘他、理解他、从各方面去帮助他，反而有那么多的矛盾得不到解决！悔之晚矣。”

爱情是美好的，婚姻是现实的，人生是残酷的。爱上一个人，只需要一秒，而了解一个人，却需要一辈子的时间。有时即便耗费一生，也无法真正了解。所以人生来是孤独的，没有所谓的感同身受，有的只是冷暖自知。

06

有人将婚姻分为四等：可意、可过、可忍、不可忍。

我一直在想，张兆和与沈从文的婚姻，究竟处在哪一等级呢？

可意？当然算不上。

真正可意的婚姻，应该是像杨绛和钱钟书、《浮生六记》中芸娘和沈复那样的，两情相悦、心灵共鸣、精神契合、灵魂匹配。正如高尔基所说：“婚姻是两个人精神的结合，目的就是要共同克服人世的一切艰难、困苦。”

张兆和与沈从文，在年轻时爱得轰轰烈烈，是民国时期著名的师生恋范例，看他们的美丽情书，一段缱绻缠绵的爱情佳话跃然纸上。可是，他们彼此相爱，却都不曾真正走进对方。

张兆和究竟是喜欢上了沈从文本人，还是只喜欢上了他的满怀爱意的书信？她永远是茫然的。同样地，沈从文究竟是喜欢上了日常生活中的真实的张兆和，还是只喜欢上了自己想象中的那个高高在上的

“女神”？他自己怕是也没有一个肯定的答案。

可能，两人都只是喜欢上了想象中的对方；也可能，即使面对真实的张兆和，沈从文仍然会爱她，但张兆和始终不曾也不愿去面对真实的沈从文，或许她从来没有在心底接受过真实的沈从文。

当初因为感动，张兆和接受了沈从文。但婚后，一个来自湘西蛮荒之地的文艺青年与一个出身名门、知书达理的世家女子的灵魂从未相撞在一起，成长背景、生活习惯、思想格局的差异，造成了两个人内心的隔阂与距离。所以暮年的沈从文会因为绝望而自杀。倘若张兆和能了解他、理解他、读懂他，他的内心就不至于如此孤独与彷徨，更不会做出如此极端的行为。

“我明白你会来，所以我等。”只是这一等，就是一辈子。

沈从文直到生命的最后一刻，也没有等来张兆和真正意义上的理解与认同。

胡适当年的那句“这个女子不能了解你，更不能了解你的爱，你错用情了”像是一语成谶。

或许，只有步入婚姻的人才会真正懂得，精神的契合和灵魂的陪伴才是最重要的。

07

晚年时，张兆和不辞劳苦地整理沈从文的遗稿。这项工程规模浩大、烦琐复杂，对一个老年人来说，是身心的双重考验。可是，张兆和无怨无悔地完成了。

1999 年，张兆和接受采访，回忆当年她和沈从文常常到海边散步，沈从文指着大海对她说，他一头从这里扎下去，一眨眼就能从那边很远的那块礁石那儿冒出来。

记者好奇地问："他扎下去过没有？"

"没有，从来没有。"

"为什么？"

"他根本就不会游泳。他吹牛。"说这话的时候，张兆和布满皱纹的脸笑成了一朵花，眼睛也散发着光彩。

我想，他们的婚姻，应该是介于可过与可忍这两个阶段之间，没有高高在上，而是像红尘中无数平凡男女那样，磕磕绊绊，携手度过了一生。

张兆和93岁那年，当大家指着沈从文的肖像问病床上的她："认识吗？"

"好像见过。"

顿了一下，张兆和又说："我肯定认识。"

但神志不清的她已叫不出沈从文的名字。

那个执着地写了几百封浪漫情书给她、与她厮守半个多世纪的男人，她终究还是忘了。

有人说，所有的感情走到最后，拼的都是赤裸裸的灵魂。

灵魂在，爱永存。

遇见爱情，是为找到自己的另一半灵魂。

如果可以，请找一个爱你、懂你的人。

朱安｜没有温度的爱情，会一点点消耗生命

好的爱情，不过是遇到了一个知你冷暖的人。

01

近日看到一则新闻，内心颇有感触。

报道说每次高考之后，国内都会形成一次离婚潮。民政局的人面对年轻人冲动离婚时，总会劝阻；但遇到孩子高考决定离婚的夫妇，则二话不说直接给办理，因为决定在高考后离婚的家庭绝对是忍耐已久、无可挽回的了。这也反映了好多中国人的婚姻状态—— 一切为了孩子。

这让我情不自禁地想起鲁迅和原配夫人朱安的婚姻。从头到尾、

由始至终，他们的婚姻都是无爱无性的，为什么朱安能够忍受一辈子，直到终老?

她到底是怎样的一个女子?

看过朱安照片的人都知道，她容貌平庸，个子不高，小脚，低低的眉眼，宽额头，塌鼻子，头发全都向后梳，在脑后挽成一个髻，典型的旧式妇女打扮。

这种装扮和她的出身背景有关。

她出生在浙江绍兴城的一个旧式人家里。祖母、母亲都是三寸金莲、目不识丁的旧式妇女。在这种家庭成长的女子，深受封建礼教的荼毒，没有自我，性格温顺，不争不怒，只懂做家务和女工，是典型的贤妻良母。

如果遇到同样平庸的旧式男子，朱安大概会拥有平平淡淡、岁月静好的婚姻吧。

可是，命运偏偏让她遇到了中国赫赫有名的大文豪——鲁迅。结果她的一生，就印证了她的名字：安安静静，心如死水，波澜未起，寂然到头。

如果预知如此凄凉的结局，朱安还会选择这样的人生吗?

可惜，她从来都不是一个敢于诠释真我的女子。她没有勇气、没有能力、没有权利做出关于自己的任何一个选择。

嫁给鲁迅，是父母之命。

那年，朱安21岁，在毫无思想准备的情况下，父母为她定了亲。素未谋面，她只知道未来的夫婿姓周，小她3岁，出身官宦人家，如今家道中落。

订婚时，鲁迅还是那个年纪轻轻、热血进步的青年周树人，在日本留学，尚未用鲁迅这个笔名发表名作《狂人日记》。

当他得知母亲为他包办这桩婚姻时，内心十分抗拒。又听说女方是一个没有文化、不识字的小脚女人，他更异常抵触，明确要求朱安放脚，再学习知识，争取做一名新女性。

但在那个年代，旧式女子缠脚都要忍受巨大的痛苦，成年后，三寸金莲已经成型，还如何放开脚自由跨步呢？至于学习，也是天方夜谭的事。从小到大，朱安接受的都是传统的社会价值观，被要求三从四德、安分守己。

这种洗脑式的教育在她心里深深扎根，她根本无力反抗。

她能做的，只是默默地等待鲁迅归来，与之成婚，然后继续在人生这条轨道上不偏不倚地走下去。

02

等了漫长的 7 年，一转眼，朱安已经 28 岁。朱家自然如热锅上的蚂蚁，焦灼万分。可鲁迅一直在日本逗留，迟迟没有迎娶的意思。

周老太太对这位未过门的媳妇相当满意，在她看来，朱安符合旧式女子所有的条件。为了给朱家一个交代，也为了儿子早日完婚，周老太太给远在日本的鲁迅发了一封急电：母病速归。

远在异国他乡的鲁迅接到电报，心急如焚。孝顺的他匆匆回国，才知道这是一场骗局。

迎接他的，将是一场他最不愿意面对的婚礼。

面对朱安，鲁迅很失望，这是一个在视觉上无法愉悦自己的女子。

面对鲁迅的漠视，朱安很狼狈，涨红着脸，局促不安地低着头。

在现场见证婚礼的鲁迅的堂叔回忆："结婚的那天晚上，是我和新台门衍太太的儿子明山二人扶新郎上楼的。一座陈旧的楼梯上，一级一级都铺着袋皮。楼上是两间低矮的房子，用木板隔开，新房就设在靠东首的一间，房内放置着一张红漆的木床和新媳妇的嫁妆。当时，鲁迅一句话也没有讲，我们扶他他也不推辞。见了新媳妇，他照样一声不响，脸上有些阴郁，很沉闷。"

洞房花烛夜，乃人生四大喜事之一。可这新婚之夜，对两人来说，却是漫长和痛苦的煎熬。那晚，鲁迅直到半夜才走进房间，没和新娘说一句话，也没有同房。

"鲁迅新婚后的第二天早上，印花被的靛青染青了他的脸，让人想到他那晚很可能把头埋在被子里哭了。"周家的佣工王鹤照，当年18岁，透露了一个不为人所知的细节。

从这个细节可以看出，鲁迅的内心是十分痛苦的，这桩母亲强加给他的婚姻，不是他想要的。作为一个有理想、有追求的新式青年，面对朱安，他竟无力抗争。

朱安自然是无辜的，这位贤良温顺的家庭妇女，没做错什么事情，她只是惴惴不安地等待着，希望鲁迅能看她一眼，和她说上一句话。

只是，这个简单的愿望也落空了。

第二天晚上，鲁迅找了个借口，没回新房。直到第四天，鲁迅携二弟周作人离开家，返回日本。

这一走，又是3年。

3年里，朱安安分守已地待在周家，悉心打理家务，一心一意侍奉婆婆，耐心等待鲁迅的归来。

03

当知道鲁迅回国时，朱安满怀欣喜，以为终于可以结束这段独守空房的日子。可不成想，鲁迅并没有回家，而是到杭州任教。一年后，又回到绍兴师范任校长。

鲁迅偶尔回家，也是以探望母亲的名义，在母亲房中坐坐就走。他对朱安视若无睹，仿佛她只是家里的一尊摆设、一缕空气。

可朱安呢？

她的心中盛满了慈爱。当鲁迅住家时，她总是无声无息、细致用心地替鲁迅铺好被褥再离开房间。鲁迅一发现，就忍不住发脾气。每次面对指责，朱安都毫无怨言，用实际行动默默表达内心的爱意。

著有《哈利波特》系列魔幻小说并多年荣获世界收入最高女作家头衔的J.K. 罗琳说过这么一段值得所有女人深思的话："女人在感情里犯的最大的错误之一，就是误以为男人最在乎的是你为他到底做了多少事，而不是把重点放在自己身上。"

一段感情里，虽然彼此适当的付出是非常有必要的，可绝不是以牺牲自我价值、自我提升为前提，去一味地讨好和道德式的捆绑。

深受封建思想荼毒的朱安怎么会明白这个道理呢？

为减少和朱安接触，鲁迅将箱子和箱盖分两处摆好，一处放洗好的衣服，另一处放脏乱的衣服。

即便这样，朱安也默默忍受。

辛亥革命后，鲁迅撇下朱安，只身前往北平，独自生活了 7 年。朱安再次与婆婆在老家相依为命，度过黯淡的时光。

"他用不理、不想、不提来漠视她，让她孤单一人在冰冷黑暗的深渊里沉沦、窒息，而朱安便在这无情的掩埋中变得面目模糊、虚实难辨。”

可朱安这名善良的女子，心中依然有着真爱。

她托小弟给鲁迅写信：“不孝有三，无后为大，望纳妾。”

在她遵从的观念里，身为女子，就该为夫家生儿育女、开枝散叶，自己无法做到，她希望有其他女子可以替她完成使命。

鲁迅没有感动。他勃然大怒，认为朱安已经无可救药。

1919 年，鲁迅卖掉周家老房，在北京买下了八道湾的宅子，计划接家人同住。

朱安不在他未来生活的规划内。

他轻描淡写地问朱安，是想留下还是回绍兴老家？

嫁鸡随鸡，嫁狗随狗。从小被灌输了三从四德的观念，朱安愿意背井离乡，跟随丈夫。

可这一离开，无异于斩断她和娘家人维系的情根。此生，朱安再也没有回过老家、见过父母一面。

同一屋檐下，朱安费尽心思、无微不至地照顾鲁迅。她做得一手地道的绍兴家乡菜，又有一手仔细的针线活。她擅于从剩菜中，观察鲁迅的口味。鲁迅有肺病，没日没夜地咳嗽，她便特意托人从家乡邮寄笋和茴香豆，细细磨碎了煮进粥中，还常徒步 80 里路去买鲁迅最爱吃的糕点。

但鲁迅对她依然淡漠。

04

善良、温顺的朱安仍抱有美好的幻想，以为鲁迅终有一天会在意她的付出，会感激涕零，会回心转意。但是，许广平的出现，彻底让她的幻想破灭了。

许广平是鲁迅的学生，是和朱安截然不同的女子。她性格叛逆、果敢、做事颇有主见。

幼时拒绝裹脚，争取到与兄弟们一起进私塾念书的机会，成人后强烈要求解除婚约，冲破包办婚姻的牢笼，这些都是鲁迅欣赏的，也是朱安可望而不可即的。

1927 年，46 岁的鲁迅和 29 岁的许广平正式同居，后来长期居住在上海。其间，鲁迅只回过北京 2 次。

位于北京阜成门内西三条的鲁迅故居，不大的四合院，种有丁香树，北面是个两进的卧室，外面一间，大概 8 平方米，里面摆着一张桌子，还有一张沿西墙放置的床，桌子上放着一个介绍性质的小纸片，上书“鲁迅母亲和朱安的卧房”。朱安从 1924 年 5 月到去世前，一直住在这里。

在这个阴沉、压抑的四合院里，朱安守着婆婆和一片四角的天空，了无生趣地虚度年华。

在这个家，朱安一直处于一种失语的状态，没有人聆听她内心的呼喊，也没有人在乎她真正的感受。大字不识一个的朱安，在精神上自然无法和鲁迅交流。每次看见来家里做客的鲁迅的女学生满腹经纶、欢声笑语时，朱安便有一种强烈的自卑感。她局促不安地待在自己的房间内，不敢出来，怕与她们说话，怕被她们的嘲笑。

在消逝的岁月里，朱安渐渐老去。

但她和鲁迅之间的隔阂，并没有随着时间的流逝而消除。

鲁迅说过一句名言：“朱安是母亲给我的一件礼物，我只能好好供养，爱情是我所不知道的。”

他对这位温婉的原配妻子没有任何感情基础，仅仅只是尽到供养的义务。

朱安其实也有过抱怨：“老太太嫌我没有儿子，大先生终年不同我说话，怎么会生儿子呢？”

活守寡的凄楚，让人潸然落泪。

1929 年，许广平产下一名男婴，鲁迅老来得子，对其十分宠爱，为其起名周海婴。

消息传来，朱安深受打击。她此生唯一的念想彻底断了。

这一年，她已经 52 岁，仍和婆婆住在北京西三条。这一辈子，她都没有享受过夫妻生活，更别提生儿育女。

房东的妹妹俞芳关切地问她今后打算如何生活？

从未念过书的朱安竟然打了一个十分形象的比喻：“过去大先生和我不好，我想好好地服侍他，一切顺着他，将来总会好——我好比是一只蜗牛，从墙底一点儿一点儿往上爬，爬得虽慢，总有一天会爬到墙顶的。可是，现在我没有办法了，我没有力气爬了。我待他再好，也是无用。”

她将自己比喻成那只孜孜不倦攀爬的蜗牛，以为只要不放弃，就会到达终点。可是她错了，再怎么努力地向上爬，目标也始终遥遥无期。

只有内心充满巨大的痛苦和凄楚，才会说出如此贴切的话语。外人即使再同情，也无法感同身受。

05

有人说，想起朱安，眼前就浮现一口井。那深深的院落，高高的围墙，阴晦的天气，一个又一个孤寂的上午、下午，夜空中孤寂的星星……无不使人联想起“心似枯井”这个词语。

《朱安传》里有一句话：“一个没有文化的女人，不读书，不看报，每天一个人，她的世界就是这个小院子，这一间小房间，很好奇，那么漫长的岁月，都是怎么度过的？夜深难眠的时候，她的心底，又会有怎样的起伏和波澜呢？”

后人难以想象。

只有朱安自己知道，这一生需要有多隐忍和坚韧，才能日复一日、年复一年地过着心如死水般的压抑生活，看不到盼头，看不到未来，人生无滋无味。

“三·一八惨案”后，段祺瑞政府对鲁迅下达通缉令。朱安与鲁迅分别，再未重逢。

等啊等，1936 年，朱安等来了鲁迅去世的消息。

朱安心中的高墙轰然坍塌。

她披着一身孝服，在北京宅院设置的灵堂里，为鲁迅守灵，也祭奠自己的爱。

朱安说：“我是先生的遗物。跟了先生一辈子，没有享受过正常女人该有的生活，孩子也没有。我只有一个名分。我与先生的书稿一样，毫无生命，只是先生的遗物。”

1943 年，周老太太去世。

朱安唯一依靠的人也不在了。她丧失了所有念想，将孤独地度过余生。

暮年时的朱安，日子过得异常清苦。

“她经常是一碟虾油小黄瓜，碟子旁边放着腌制过的辣椒，有时候是一碟腌白菜、一小碟霉豆腐。这些是她用来配着硬邦邦的窝窝头吃的。鸡鸭鱼肉是从来不见的。这些小菜，根本满足不了老年人的营养需求。”

鲁迅的友人去探望朱安，看到的是如此落魄的情形。

在那个通货膨胀、物价飞涨的年代，朱安没有一技之长，缺乏谋生的能力，她能怎么办呢？

尽管周作人、许广平和鲁迅好友多方汇钱接济，她还是过得不如人意。面对社会各界人士热情的捐款，朱安“宁自苦，不愿苟取”。

她想到鲁迅一生清高，再苦再累，她不愿丢了他的颜面。

周作人建议她出售鲁迅的藏书。

走投无路下，这似乎是唯一的办法了，因为家里已经没有可变卖的东西了。

记者闻讯赶来，指责朱安应该保护好鲁迅的遗物，不能随意卖掉。

“你们总说鲁迅遗物，要保存，要保存！我也是鲁迅的遗物，你们也得保存我啊！”朱安有些激动，终于发出了一生的呐喊。

在场的人唏嘘不已。他们不知道，朱安这只可怜兮兮的蜗牛，一辈子都在艰难缓慢地爬行，她的努力、她的付出，都得不到回应。她只能“和着眼泪舔舐自己的伤口，在无情岁月的风霜中渐渐干枯，最终走向死亡”。

朱安死的时候，身边空无一人。她在遗嘱中期盼地说：“灵柩回南，葬在大先生之旁。”

这个愿望注定无法实现。最后她被葬在北京西直门外保福寺村，与她侍候了一生的周老太太相依为伴。

没有墓碑，没有名字，更没有人来祭奠。

世人都忘记了这个世界上，曾有这样一位女子存在。

他们只知道，鲁迅的妻子是许广平。

06

去世前一日，朱安面对前来探访的记者，还念念不忘鲁迅的好：“周先生对我并不算坏，彼此间并没有争吵，各有各的人生，我应该原谅他……许先生待我极好，她懂得我的想法，她肯维护我……她的确是个好人。”

可鲁迅呢？一生著作等身，却无一字思及她。他为后人留下300万字的著作，其中有关朱安的不过几百余字，对母亲，对羽太信子及其家人，对许广平，对许羡苏甚至俞芬、俞芳姐妹，对保姆长妈妈，他都有话可谈、有文可写，让后人有据可征；唯独朱安，他努力把她从自己的人生中抹去。也许这正应了鲁迅自己的那句话——“使无刀无笔的弱者不得喘息。”

朱安，这个悲苦的女子，在历史的缝隙里，灰飞烟灭。

有人将朱安和胡适的妻子江冬秀做对比，说为什么处于同一时代，同样是小脚、大字不识的旧式女人，同样奉母命结婚，两人的命运会大相径庭？

朱安苦守41年活寡，而江冬秀和胡适吵吵闹闹，却相濡以沫，白头偕老。

结论是，女人的婚姻幸与不幸，经常取决于命运。但这个过程是消极地熬着，还是积极地尽量风生水起，却取决于自己。

江冬秀懂得改变自己，她学写字，和胡适频繁通信。面对第三者的入侵，她敢于反抗，活得恣意勇敢。而朱安，面对一个不爱自己的伴侣，没有能力做出一丁点的改变，只能屈服，只能认命，一世孤寂，凄凉无比。

朱安，活成了那个封建时代的牺牲品。她和鲁迅的婚姻，彻头彻尾就是一场悲剧。

在《随感录四十》中，鲁迅谈到自己这一代人的婚姻："在女性一方面，本来也没有罪，现在是做了旧习惯的牺牲。我们既然自觉着人类的道德……又不能责备异性，于是只好陪着做一世的牺牲，完结了四千年的旧账。"

按绍兴习俗，一个嫁出去的女人被退回娘家，就会被认为是被"休"了，家人的歧视、舆论的谴责将使她处于极难堪的境地，家庭的社会地位也将一落千丈。有些性格软弱的女人甚至会因此而自杀。鲁迅显然是不忍把朱安推到这样一个境地的。

没有离婚，维持表面的完整与和谐，实际上，背地里已千疮百孔。

中国有太多表面完整的家庭比实际的离异家庭也就少了一张书面文件——不快乐，不改变，不争取，才是中国式婚姻让人绝望的常态。

全靠忍耐的婚姻，这辈子蹉跎；真正相爱的婚姻，这辈子值得。

朱安，蹉跎了岁月，辜负了自己，有名无分地度过了悲凉的一生。

“小蜗牛，小蜗牛，爬呀爬，我爬不到头，有朝一日摔下地，粉身碎骨筋被抽。我只有自己舔舐自己的伤口，无声的血泪肚里流。二十岁与他订婚后，日夜盼着结鸾俦，一盼盼了六七载，盼来的却是洞房冷飕飕，未饮交杯酒，未把片言留，翌日东洋去，三年才回舟。回来却又不团聚，分居分了二十秋。二十年未曾和他牵过手，二十年不知道啥叫温柔，二十年我还是个女儿身，二十年天天守着一个愁。只怪自己没文化，只怪自己虑不周，他是一座高高的山，不是我爬的矮墙头。今生已将终身误，来世我再也不把女人投！”

豫剧《风雨故园》中，有这样一段关于朱安的感伤唱词。

这分明就是她一生的写照。

身为女人，朱安自觉太苦太累。她也曾想像正常女人那样，平凡度过一生。

可惜，作为极度守旧的旧时女子，一成不变的发髻、裹得紧紧的三寸金莲、永远怯懦的语调和卑微的姿态，让她活成了一颗生了锈的图钉，“最初被钉在哪，一生就只能钉在哪，无可奈何地孤独老去”。

萧红｜自立，才能活得扬眉吐气

唯有自立，唯有自爱，才能真正得到幸福。

01

近日，公司来了一个貌美如花的前台人员小丽，芳龄 22，刚大专毕业。

在我们单位，由于前台人员福利待遇不好，所以走马灯似地频繁更换。我们觉得小丽也不会待太久。

接触一段时间，我们发现小丽的工作态度、能力还是不错的，但就是个人生活太奢靡铺张。

衣服、鞋子、化妆品要用最好的、上档次的。这样购物下来，小丽一个月的工资显得捉襟见肘。一到月底，入不敷出的她必须节衣缩食，咬紧牙关度过艰难的几天。为此，大家背地里都嘲笑她是“月光族”。

同为女性，我们都委婉地劝过小丽，要好好赚钱，也要好好攒钱，趁年轻，多充电学些知识，不然以后可要受苦。

小丽嗤之以鼻，反驳道：“我这么做，完全是为脱单做好充分的准备。”她告诉我们，在她们老家，女孩子一般 20 来岁就嫁了，如果 28 岁前还没嫁出去，那基本上是没有资格挑选一个好婆家了。

小丽说：“趁年轻，趁花容月貌，我要将自己赶紧嫁出去。在我们那个小城，嫁到好人家的话，意味着有丰厚的彩礼和婚后优渥的生活。”

说到这时，小丽的大眼睛扑闪扑闪的，散发出美丽耀眼的光芒。一脸神往的表情也在向众人昭示：脱单很重要，嫁给有钱人，以后的人生衣食无忧。

我想，这恰恰也是当下很多年轻女孩的真实想法。

都说婚姻是女人的第二次投胎。倘若觅得大户人家，找到一张长期饭票，那通常代表着未来锦衣玉食、高枕无忧。

可真的如此吗？

只有依靠男人，女人才能过上理想的生活？

或许看了萧红的故事后，我们会有另一番感触吧。

02

萧红是与张爱玲、吕碧城、石评梅共享“民国四大才女”盛名的现代著名女作家，被誉为“30 年代的文学洛神”。有着如此夺目的成就，人生本应花团锦簇、一片光明。然而纵观她的一生，却发现其命运多舛、坎坷不断。

分析原因，很大程度上是由她个人的思想和性格造成的。

她是一个太不独立的女人，没有独立的人格、独立的经济，终生都在寻觅栖息处，将男人作为“避风港”，期盼他们为自己遮风挡雨。

然而正如时下流行的一句话：本想嫁个为自己遮风挡雨的男人，没想到结婚后所有的风雨，都是这个男人带来的。

这句话用在萧红的身上，再合适不过。

萧红出生在黑龙江呼兰县一个地主家庭里。母亲早逝，父亲张廷举是一名官吏，有着浓厚的封建统治阶级思想。在他看来，女人最大的事业就是婚姻，至于女人的学识、才华，无非是一种筹码，用以获得好的姻缘。

在这种思想的支配下，他送萧红去读书的目的，显而易见，就是将来替萧红觅得一个好人家。

于是，在萧红还未毕业时，张廷举就将她许配给家境殷实的小官僚之子汪恩甲。

学习刻苦、成绩优异的萧红此时正处在叛逆期，她并不认同父亲包办的婚姻。接受过良好教育的她告诉自己：我要婚姻自由，我要反抗!

为此，萧红与父亲抗争了整整一年。在这一年里，病痛的折磨、与父亲无休无止的争吵充斥着她的生活。

父亲对萧红冷酷无情，暴怒时，甚至动手打她。

这让原本就缺少家庭温情的萧红内心备受摧残。可是不甘屈从、不甘压迫的她还是鼓起勇气告诉父亲，如果不让她上学，那她就去做一名修女。

面对倔强的女儿，张廷举最终选择了妥协。

萧红如愿以偿继续求学。

就在这时，让家人担心的事情发生了。萧红恋上了有家室的表哥陆振舜。汪家知道后，异常生气，强烈要求退婚。张廷举更是勃然大怒，认为女儿犯了不可饶恕的错误，成了整个家族的耻辱。他让萧红退学回家和汪恩甲结婚。但萧红不答应，而是义无反顾地和表哥私奔去了北京。

在年轻且任性的萧红看来，爱情一旦来了，什么都可以不管不顾了。

可恢复理智后，才惊觉爱情最容易被残酷的现实打败。

在异乡，失去了亲人的依靠，也失去了家里的经济支援，萧红和陆振舜相依为命。没有面包的爱情注定无法长久，生活窘迫的他们看不到未来。很快，陆振舜就屈服了，落魄地逃回了老家。这是萧红第一次尝到被男人背叛和抛弃的滋味。然而她毅然吞下苦果，在一无所有、走投无路的情况下，做出了一个让人匪夷所思的行为——投奔退了婚的未婚夫汪恩甲。

两人在哈尔滨的一家旅馆安顿下来。同居后不久，萧红就怀孕了。汪恩甲的家庭不愿意再接受萧红，他们认为这是一个不知廉耻的女人，强行逼迫他们分开。

汪恩甲在这时并没有表现出一个男人应有的担当，而是顺从家庭的意思，以回家拿钱交租金为由，离开了大腹便便的萧红，从此一去不复返。

他是萧红在人生旅途中，遇到的第二个渣男。

萧红此生，最大的失败就是不够独立、不够自爱，寄托于男人，当遭遇不好的爱情时，没有看清真相的智慧和勇气，没有毅然斩断情丝的果敢，而是深陷其中、痛苦纠缠，指望下一个男人拯救自己于水火之中。

谁知，她的爱情，只是从一个火坑继续跳到另一个火坑里。

在汪恩甲走后，萧红遇到了人生中的第三个渣男——萧军。

因为拖欠租金，萧红被旅店老板关在了地下室里，叫嚣着要卖到妓院抵债。

无奈之下，萧红向出版社写信求救。出版社为她送来了一棵精神稻草——萧军。

第一眼见到萧红，“她身上只披着一件蓝色已褪去的单长衫，有一边已经开裂，膝盖露了出来，小腿和脚都是赤裸的，还蹬着双破旧的女鞋”。

萧红楚楚可怜的样子，强烈激发了萧军的保护欲。

在黑暗的房间里，在摇曳的烛光下，他对萧红嘘寒问暖。

萧红感激不尽。处在人生的低谷，上帝竟然派了一个如此温情的男人降临到她的身边。她的心开始沦陷，向萧军倾诉了自己的悲惨遭遇，以及埋藏的屈辱和痛苦。

萧军隐隐感觉到了心疼，他从未想过，一个像花一样美好的年轻女子，竟经历过这么多的创伤。

更令萧军惊讶的是——萧红会写诗!

当桌面上那篇字迹工整的短诗映入眼帘时，萧军深深地被打动了。他意识到，这个女子的文笔和灵性甚至远在自己之上，她竟能将她的所思、所想、所悟表达得如此之细腻且直指人心。

萧军凝视着萧红，一股爱意油然升起。

萧红也对眼前这名体贴温柔、才情过人的男子动了心。

那时萧红有孕7个月，而萧军在家乡有妻儿。

后来很多资料说起两人见面的场景，都有意渲染和拔高他们初识的意义，说是才子佳人的相遇，造就了文坛的一段佳话。事实上，萧军闯入萧红的生活，对她来说，恰恰是一种命定的劫难，让她此后的人生更加万劫不复。

可当时如孩童般天真的萧红，哪能预料到命运的多舛？

“女人一旦经济与人格不独立，就容易慌不择食，任何一个男人靠近她，她都会像一只八爪章鱼，将他牢牢抓住。甚至，为了身无挂碍地依赖，她把亲生女儿遗弃。”

和萧军在一起后，萧红开始像少女般崇拜、依附萧军，为他洗衣做饭，操持家务，任劳任怨。甚至为了捆绑萧军，萧红在生下汪恩甲的孩子后，就毫无眷恋地将她送人了。

此后，她再也没有和孩子见过面。

出院后，萧红与萧军开始新一轮的婚外同居。她在经济上、精神上、情感上，都完完全全地依赖萧军。

03

萧军是怎样一个男人呢？

有一句话简单勾勒出了这个男人的特征：萧军的前半生除了出书就是出轨。

萧军颇有才华，虽然在当时那个年代，比不上鲁迅、沈从文等，算不上文学巨匠，但凭借一部《八月的乡村》就奠定了他在文坛上的地位。

他对萧红的影响，是十分巨大的。

“我发现并拯救了一个未来出色的女作家。”晚年的萧军回忆起和萧红那段刻骨铭心的往事时，对自己当年独具的伯乐眼光仍旧得意扬扬。

萧军原本就是报社的编辑，时有文章发表。和萧红在一起后，他积极地鼓励萧红也进行文学创作。就这样，萧红开始写作了。凭借出色的才华，萧红迅速发表了一系列文章，正式进入文坛。

两人在文学的道路上相互提携、相互支持。虽然日子困窘，居无定所，吃了上顿没下顿，但这段被萧红称为“没有青春只有贫困”的生活，竟然是她一生中最美好的时光。

这个时期也是萧红的文学创作鼎盛时期。1934年，她写的中篇小说《生死场》在鲁迅的帮助下得以顺利出版。这本著作，让萧红一举成名，鲁迅更是毫不吝惜地称赞萧红是当代中国最有前途的女作家。

按理说，成名后的日子，应该是光明的、幸福的。可是，有了理想的事业，他们之间的感情却产生了一些微妙的变化。

“他就像一场大雨，很快就可以淋湿你，但是云彩飘走了，他淋湿的就是别人。我就像他划过的一根火柴，转眼就成为灰烬，然后他当着我的面划另一根火柴。”

这是萧红的名句，也是萧军的写照。

二人过了甜蜜期后，萧军多次背叛萧红，钟情于其他女子。为此，两人常常爆发争吵，脾气暴虐的萧军还动手殴打萧红。

有一次，看见萧红左眼青了一块，梅志和许广平关心地询问，萧红掩饰说是晚上不小心碰的。

萧军冷笑着说："别不要脸了，是我打的！"

当爱情的荷尔蒙褪去，两人才发现性格不合，导致在生活中出现越来越多的摩擦、越来越严重的冲突。

那么，是果断放弃这段感情，还是选择继续磨合？

萧红显然不愿意轻易放手。为了萧军，她选择继续付出和忍让。

可是这一切，没有换来萧军的尊重和感动。

"萧军永远不会说别生气了，他总是说不许生气。"

"萧军永远不会说'对不起，我错了'，他总会说'你要尽快忘记别人的不好'。"

"萧军永远不会说'别离开我'，他总会说'没有萧军你会难过的'。"

萧军永远不会服软，不会迁就，不会包容。

美国著名汉学家葛浩文说过，在"二萧"的关系中，萧红是个"被保护的孩子、管家以及什么都做的杂工"，她做了多年萧军的"用人、姘妇、密友以及出气包"。

是的，作为出气包的萧红，被萧军多次辱骂、多次殴打，身心俱疲。

她说："我不知道你们男人，为什么那样大的脾气，为什么要拿自己的妻子作出气筒，为什么要对妻子不忠实！我忍受屈辱，已经太久了。"

饱受痛苦煎熬的萧红含泪写下一组《苦怀》诗："我不是少女，我没有红唇了，我穿的是从厨房带来的油污的衣裳。为生活而流浪，我更没有少女美的心肠。”

鲁迅曾说萧红在感情上投入的过多了。所以，他建议萧红东渡日本缓解矛盾，寻求解脱。

独自一人前往异国，萧红倍感孤独、凄凉。她依然忘不了在国内的萧军，多次写信给他倾诉相思之苦。

不曾想，萧军竟然喜欢上了朋友的妻子，再次背叛萧红，这让她深受打击。

光阴兜兜转转，萧红没有拾起一地狼藉，学会安排自己、照顾自己。爱情的伤痛，并没有让她从一个少不更事的小女孩，淬炼成独立面对一切坎坷的女人。

相反，她的心智依旧不够成熟。

04

1936 年 10 月，鲁迅在上海逝世。听闻噩耗，萧红悲痛不已，从日本赶回上海。不久，她便结识了生命中又一个至关重要的男人——端木蕻良。

端木蕻良是 20 世纪 30 年代东北作家群的重要成员之一，因与“二萧”同是东北老乡，故来往密切。可也正是他的出现，加快了“二萧”分手的进程。

端木蕻良善于言辞，充分尊重萧红，经常称赞她的文笔。这让萧红受宠若惊，渐渐对其萌生了好感。

端木蕻良也向萧红表达了爱意：“君知妾有夫，赠妾双明珠。还君明珠双泪垂，恨不相逢未嫁时……”

被萧军伤得体无完肤的萧红接受了这份表白，与萧军黯然分手。

一场繁华的邂逅，一段静默的收场。

张小娴说过："爱情中最伤感的时刻是后期的冷淡，一个曾经爱过你的人，忽然离你很远，咫尺之隔，却是天涯。"

"二萧"的感情从轰轰烈烈、千回百转、柔肠寸断，走到最后，竟然是悄无声息。

外遇不断的萧军说萧红单纯、淳厚、有才能，"我爱她，但她不是妻子，尤其不是我的"。

或许，自始至终，萧军只是把萧红当成文学上的搭档和生命中的过客。

他从未发自内心地爱上她。

离开萧军，萧红和端木蕻良双双返回武汉，举行了婚礼。

这段感情来得过于迅速，以至于萧红没有一丝时间喘息和疗伤，更没有反思和醒悟。

她匆匆地开始了另一场爱情游戏。

此时，萧红已怀有 5 个月的身孕，是萧军的骨肉。可端木蕻良似乎毫不介意，这让萧红感激涕零，更加坚信端木蕻良就是自己最后的归宿和依靠，也让她更加向往未来的日子。

从婚礼上萧红的这番话就可以看出来：

"掏肝剖肺地说，我和端木蕻良没有什么罗曼蒂克的恋爱历史。是我在决定同三郎永远分开的时候才发现了端木蕻良。我对端木蕻良没有什么过高的希求，我只想过正常老百姓式的夫妻生活。没有争吵，没有打闹，没有不忠，没有讥笑，有的只是互相谅解、爱护、体贴。我深深感到，像我眼前这种情况的人，还要什么名分，可端木蕻良却做了牺牲，就这一点我就感到十分满足了。"

婚后的生活没有想象中的温馨和幸福，依然充满了苦难。

萧红长期依赖男人，这让她十分渴望得到丈夫的疼爱与呵护。但出生于满洲贵族之家的端木蕻良，自幼家境富裕，得到父母百般溺爱，娇生惯养，一身大少爷的脾气。即便结了婚，他也仍是个心智未成熟的大男孩，生活能力极差，凡事都需要萧红照料。甚至，端木蕻良对萧红写的文章也不屑一顾，抱着一种鄙夷的态度。这让萧红陷入了一种难以忍受的孤独中。

最终导致端木蕻良和萧红感情破裂的原因：他曾两次遗弃萧红，一次是在武汉，一次是在香港。

据资料显示，1938 年，武汉时局突变，面临日军大举进攻。萧红和端木蕻良决定逃亡，前往重庆。当时他们委托朋友帮忙买了票。但朋友费尽力气只买到了一张。端木蕻良留下怀孕的萧红，先行离开。

几个月后，萧红才买到船票抵达重庆，并在不久后，生下一个孩子，可 3 天后，孩子夭折，死因不明。

1939 年，重庆遭受日军敌机的狂轰滥炸。为了寻找安全之处，萧红和端木蕻良去了香港。体弱多病的萧红彼时正患着肺结核。在当时不发达的医疗条件，肺结核几乎是不治之症。一个朋友将萧红送到香港玛丽医院。可就在太平洋战争爆发的次日晚上，端木蕻良不辞而别，将萧红孤独地留在了医院。

最终，陪伴萧红度过生命中最后的日子的，是一个仅见过两次面的朋友——骆宾基。

骆宾基后来写了《萧红小传》。在传记里，他批判端木蕻良遗弃萧红的行为，指责他是一个自私自利、不负责任的渣男。

对此，端木蕻良自始至终没有辩解。

直到2009年，端木蕻良的续弦夫人钟耀群在接受采访时，哭着把实情说了出来。

钟耀群说端木蕻良对自己说过，他把萧红安置后，确实离开过，那是因为他发现了萧红与骆宾基的私情，一怒之下立即离开。

真相到底是怎样的？

随着当事人的逝世，一切都无法破解了。

我们只知道，一身才华却一世飘零的萧红最终在医院病逝。

死时年仅31岁，这正是一个女人最好的年龄。

而她与萧军、端木蕻良、骆宾基几个男人间的恩怨情仇，仿佛芥川龙之介笔下的“罗生门”，成了近代文坛的一个谜。

有人指责萧红水性杨花，连萧红自己也黯然地说：“当我死后，或许我的作品无人去看，但肯定的是，我的绯闻将永久流传。”

05

2014年，著名导演许鞍华将萧红的一生拍成电影《黄金时代》，在国内掀起了一股“萧红热”。大家看后，都在感慨，为什么如此才貌双全的女子，偏偏没有收获幸福呢？

放在当时的那个年代分析，许多人会认为是时代背景造成的：“覆巢之下无完卵，被时代的洪流、社会的泥沙、家庭的阴霾所裹挟、所倾轧，直至被损害、被牺牲。”

而放在当前这个越来越多的女性觉醒独立的时代来看，有更多的人认为，萧红一生坎坷、充满了悲剧，外界当然有不可推卸的缘由——乱世、战争、冷漠世情、愚昧传统、专制的父权与男权等。但不可否认的是，更多的，还是她自身的原因——软弱的内心、病态的性情与不自立、不自尊的人格，导致她的自我祸害和自我堕落。

她不够独立，确切说无法独立。她依靠男人、信赖男人、寄希望于男人，希望获取爱的救赎。被对方唾弃了，她还迟迟不愿清醒、觉悟，没有独立的意识，没有破釜沉舟的勇气和抽身离去的决绝，最终伤痕累累，英年早逝。

我挺欣赏一个女作家对萧红的评价，虽说通篇言辞犀利，却振聋发聩，给时下的女性也敲响了警钟。

她说："为什么在你追求自由与独立的路上，却一直要男人作你人生的依靠？在被自由、独立与解放之类的大词鼓吹得头昏脑涨的时候，请冷静想一个问题：倘若你离开了他们，你真的能养活自己吗？如果没有自食其力的本领和自我健全的责任担当。那么，你很可能就是另一个娜拉。出走之后，摆在你面前的，只有两条路：不是堕落，就是回来。"

萧红没有回来，于是，她便堕落了。从一个男人到另一个男人，从一种攀附到另一种攀附，从一种被弃到另一种被弃。

又或者说，她其实回来了，从男权的世界出发，又回到男权的世界，靠做或长或短的性奴，维持自己短暂的生命。

所有这些，都让我觉得萧红就是一个悖论的集合体。她追求独立，却一直无法自立；她向往自由，却一直自我设限；她极其多情，又极其自私；她反抗父权，反抗专制，却成为男权的另一种牺牲品。

"人和动物一样，忙着生，忙着死。我不能决定怎么生、怎么死，但我能决定怎么爱、怎么活。"

萧红在作品里，说得铿锵有力。但实际上，她胆小、懦弱、卑怯，她决定不了怎么爱、怎么活。因为她自始至终，都没有独立的思想。男人才是她的天空。

哀其不幸，怒其不争！萧红的一生，是可悲可恨的一生。

她曾说："我所有的不幸就是因为我是个女人。"

"只恨自己不是男人。"

"女性的天空是低的，羽翼是稀薄的。"

所以，萧红在人生的旅途中，不断地将男人视为物质上的依靠、精神上的寄托、心灵上的归处。她不懂，其实一个女人只有真正爱自己、真正学会独立，才有资格赢得男人的尊重和爱。否则，只会遭到男人无情的蔑视和抛弃。

性感"女神"钟楚红 47 岁丧夫，即使心中悲痛，但屡次被媒体追问到爱情时，她都会说："有动物，有大自然，还有我的花花草草，我有那么多东西可以去爱，我不需要依赖一段爱情来令自己开心。"

是的，在独立坚强的女性面前，爱情只是人生中的一件小事。收回自己在小情小爱上的寄托，纵情于大江大海、大山大河，或许能活得跟香奈儿女士一样漂亮。

可惜，萧红永远看不透爱情的本质。

据说萧红临终前，将著作《生死场》的版权给了萧军。

直到生命的最后一刻，她还对这个男人念念不忘。

这世界没有斩不断的情，只有不敢迈出去的腿和甘于卑微的心。

对萧军，萧红是自卑的、低贱的，永远都抬不起头。

而萧军呢？

在得知萧红死讯的当天，他在日记里写道："下午听萧红死了的消息。芬（萧军的第二任妻子）哭了。"

但在萧军眼里，萧红“作为一个六年文学上的伙伴和战友，我怀念她；作为一个有才能、有成绩、有影响的作家，不幸短命而死，我惋惜她；如果从‘妻子’意义来衡量，她离开我，我并没什么‘遗憾’之情！”

在萧军看来，萧红“在文学事业上，她是个胜利者！在个人生活意志上，她是个软弱者、失败者、悲剧者！……”

萧军将萧红看得很透彻，但这份透彻，背后却有残忍的意味。

在他和萧红的这段感情里，萧红始终是个弱者。

一个女人，在爱情里的姿态如果低到尘埃里，注定得不到真爱。

说白了，女人还是应该有爱自己的能力、有独立自主的能力，总幻想通过一份感情、一段婚姻来摆脱困境、解救自己，终是不可靠的。

因为，爱情和婚姻从来都不是对女人的救赎。

对女人最大的救赎就是过上自食其力的生活。

特别喜欢一句话：“所有的女人，终有栖息之地，不是他人，唯有自己。”

所以靠自己，才能活得扬眉吐气，才能活得有十足的安全感。

倘若在当时，满腹才华的萧红一心想着如何靠写作赚钱、如何改善自己的生活，而不是纠结在男欢女爱、死去活来中，或许她的命运将被改写，而不是活成那个写出“满天星光，满屋月亮，人生何如，为什么这么悲凉”的不幸女子。

孟小冬｜爱走了，不纠缠，不折腾

过去那些走过的路、丢掉的人、撕裂的往事，别回头就好。

01

这两年，影视圈许久未曾露面的不老“女神”朱茵频繁现身热门的综艺节目中。粉丝们都大为惊叹，多年不见，朱茵依然貌美如花，身材保养得很好，一颦一笑，还是当年那个深受大众喜爱的紫霞仙子，是活在电影世界里的那个人。

是什么秘诀让她拥有美丽的容颜与良好的心态呢？

我想，应该是爱情的滋养。

当年，朱茵嫁给摇滚歌手黄贯中后，基本退出娱乐圈。这些年来，她一直活在丈夫的宠爱中，婚姻很幸福。

在节目中，看她的面容就知道，这是一个被爱充分滋润的女人。她的脸上，没有大部分中年女人常见的戾气和怨恨。

但众所周知，当年的朱茵也曾被所爱之人周星驰伤得体无完肤。这段感情也让她的自信心彻底崩溃，她花了几年时间才修复好情绪。

此后，两人缘分已尽，形同陌路。

据说，周星驰在恋情结束的多年后接受采访时表示，自己难忘朱茵，还曾在台湾一酒店电梯门口痴等朱茵。

这一幕被朱茵的助手撞见，助手告知朱茵。她表情淡然，只说不想再见面，于是和助手避走侧门离开，只留下周星驰一人默默守候。

20 多年来，周星驰的事业红红火火，在华语影视圈内享有一席地位。可朱茵从不蹭热度去消费前男友，更闭口不谈此人，彼此的世界再也没有任何交集。

我特别赞赏朱茵在爱情中的这种态度——爱走了，不纠缠，不折腾，伤心绝望之后，置之死地而后生，活得漂亮，从此萧郎是路人。

我的一个学妹，当年得知男友只是将她视为备胎，也毅然斩断情根，将其拉入黑名单，从此老死不相往来。

她们一身傲骨，气场强大，爱憎分明，在感情里的果敢和决断，大有民国时期梨园冬皇——孟小冬的风范。

话说孟小冬与梅兰芳决裂后，发誓此生再也不见梅兰芳。晚年时，梅兰芳路过孟小冬的住所，曾渴望见上一面诉说衷肠，但孟小冬还是漠然地拒绝了。

她早已不是年轻时那个爱得委屈又卑微的女子。

爱过后，恨过后，她选择了漠视，选择了遗忘。

她的世界终于不再有他的存在。

02

孟小冬，出生于梨园世家，自幼聪慧秀丽，从父学艺。她 7 岁登台，初出茅庐，崭露头角；14 岁时在上海演出，名噪一时，大放异彩；18 岁时成了名角儿，红遍京城，风头无两，获得“冬皇”的美誉。

当年的燕京散人曾评孟腔：“孟小冬生得一副好嗓子，最难得的是没有雌音，这在千万人里是难得一见的，不敢说后无来者，至少可说是前无古人。”

除了天生一副好嗓音、唱功精湛外，孟小冬还长得国色天香、美丽脱俗。

她美到什么样的程度呢？资料显示，那个年代的学生，文具盒里贴的都是孟小冬的照片，就像现在的追星族一样，对偶像痴迷不已。袁世凯的女婿、著名剧评人薛观澜曾将孟小冬的姿色与清末民初的雪艳琴、陆素娟、露兰春等 10 位以美貌著称的坤伶相比，结论是“无一人能及孟小冬”。

用当今的流行语来评价孟小冬，是集偶像派 + 实力派于一体的。

命运的转折点出现了。

1925 年的一次堂会上，孟小冬遇到了梨园第一大角儿梅兰芳。两人合演一出《游龙戏凤》。台上，二人目光交融，暗生情愫。

“一个是须生之皇，一个是旦角之王，王皇同场，珠联璧合。”

当时梅兰芳的两个资深戏迷提议道：“这确是天生一对，地设一双。成人之美，亦生平一乐，如果他们能有一段美满婚姻，也是人间佳话。”

在场戏迷和观众一致欢呼，极力促成这桩婚姻。

此时的梅兰芳，已有两房太太——贤惠的王明华和泼辣的福芝芳。

发妻王明华原和梅兰芳育有一儿一女。为了更好地辅佐梅兰芳的事业，王明华生完孩子后就做了绝育手术。不料后来一双儿女因麻疹病夭折，王明华深受打击，一病不起，从此在天津一所医院休养。为了延续梅家香火，梅兰芳娶了福芝芳。此后，福芝芳为梅家开枝散叶，相夫教子。

梅兰芳与这两位太太的感情都很好，但其实她们都是封建制度下包办婚姻的产物。孟小冬不是，她与梅兰芳自由恋爱，深得梅兰芳的欣赏与倾慕。孟小冬面对眉目俊朗、英俊倜傥、才华横溢的前辈大师梅兰芳，也早已芳心暗许。

可是梅、孟的婚事还是遇到了阻力。一是孟家考虑到孟小冬是声名大噪的名角儿，又是黄花大闺女，嫁人做妾实在太委屈。二是福芝芳不愿梅兰芳再娶。

因为这名分的问题，两人的婚事暂时被耽搁了。最后还是梅兰芳的好友冯耿光想出了解决办法：“名定兼祧”。原来早年梅兰芳被过继给他的伯父，按照旧习俗，梅兰芳可以娶两位正房。王明华重病在医院，实际上只有一房夫人。梅兰芳可以明媒正娶孟小冬，把她算作伯父这边的正房，不入梅府侧室，单立门户，所以孟小冬不算偏房。

那时的孟小冬真年轻，还不到 20 岁，正是含苞待放的花样年华。为了所谓的爱情，她不在乎是否有名分。她只知道，梅兰芳是她心甘情愿要嫁的男人。

03

1927 年农历正月二十四，梅、孟二人在冯公馆成婚。

婚后，孟小冬没能顺利住进梅府。

梅兰芳将她安置在北平一处四合院里。

像所有新婚夫妇那样，梅、孟度过了一段甜蜜缠绵的日子。

他们曾留下一帧照片——梅兰芳嬉笑着在墙上留下投影，孟小冬题字："你在那里做什么啊？"

梅兰芳手书："我在这里做鹅影呢。"

志同道合，朝夕相伴，两人的心里满满的都是柔情。

这是最初的爱，没有隔阂，没有猜忌，没有抱怨，没有委屈。正因如此，孟小冬才愿意为了梅兰芳收起万丈光芒，洗尽铅华，隐于人后。

据悉，思想传统的梅兰芳婚后不想让孟小冬登台抛头露面，孟小冬便乖乖地听话了。像被圈养的金丝雀那样，她终日大门不出、二门不迈，依靠一台留声机和唱片消遣时光。粉丝们期待的"乾坤绝配"并没有在舞台上出现。

究竟多爱一个人，才会甘心失去自我、甘愿活得平凡？

齐如山的儿子齐香曾在晚年回忆新婚后孟小冬的模样："平时我看她并不过分打扮，衣服式样平常，颜色素雅，身材窈窕，态度庄重。有时候她低头看书画，别人招呼她一声，她一抬头，两只眼睛光彩照人，如今 60 年过去了，她那天生丽质和奕奕神采的模样，就在目前。"

这让我想起娱乐圈的一些当红女明星，结婚生子后，不再活跃在圈中，成为影迷们怀念的一个时代符号。

当年的孟小冬也是如此，归隐在梅兰芳的身后，默默地做起了小女人，成为梨园神秘的传说。

孟小冬虽然有时也在家里吊吊嗓子，唱一段“谗臣当道谋汉朝，楚汉相争动枪刀”，但如果没有日后那些风波，她也许就会慢慢淡化身上的“冬皇”气质，以一个温柔妻子的面目终老一生。”

如果是这样，孟小冬的人生终将平平淡淡，中国京剧史上也会少一个传奇人物。

可恰恰是日后发生的三件事，让梅、孟的爱情故事戛然而止，落下帷幕，也让孟小冬大彻大悟，重返梨园，再续辉煌。

第一件事——“冯宅血案”。

据说一直爱恋孟小冬的狂热粉丝得知梅、孟成婚后，怒火中烧，跑到冯公馆叫嚣，要找梅兰芳算账。一个叫张汉举的梅兰芳友人，自告奋勇前去打发，结果被误杀。顿时，此事闹得满城风雨，流言蜚语不绝于耳。

死里逃生的梅兰芳受到惊吓，不敢再回他和孟小冬的新家。

一直对孟小冬颇有芥蒂的福芝芳趁机宣告：“大爷的命自然比什么都要紧。”

大家都认为福芝芳的话在理，而梅兰芳面对舆论，也保持沉默，丢下孟小冬，与福芝芳避居上海。

这件事让原本深爱的两人心生嫌隙。

为什么在我同样害怕、彷徨，需要你安慰与呵护的时候，你却一走了之，冷冷淡淡，不闻不问，你的性命终究还是比我重要。

孟小冬不是不难过，不是不委屈，可她还是藏起了所有的眼泪，等待梅兰芳的归来。

04

随后，又发生了第二件事——“赴美演出”，让原本两人好不容易缓解的关系又趋于紧张。

1929年，梅兰芳即将访问美国，谁会跟随梅兰芳，在全世界面前以梅夫人的身份亮相呢？

大家都期待着。

这头的孟小冬同样心生憧憬。“筹备赴美演出的礼物中，还有一些墨盒、砚台等小工艺品，墨盒上都刻有图像，给我印象最深的是孟小冬扮的古装像。她本是演老生的，图像上却是扮的古装妇女，十分漂亮。”齐香回忆道。这是不是意味着梅兰芳有意带孟小冬出去？

可那头有心计的福芝芳不答应了，身怀六甲的她为了随梅兰芳出访，毅然请求医生给她堕胎。事情发展到这一步，梅兰芳只好作罢，两个都不带。

我想，孟小冬的内心应该倍感失落。她和福芝芳这场无硝烟的战争也愈演愈烈，直到第三件事——“吊孝风波”的出现，两人的关系已剑拔弩张。

1930年8月5日，梅兰芳的大伯母逝世。因为梅兰芳的伯父无子，梅兰芳从小就过继给伯父，所以伯母之丧就等同于母亲之丧，是头等大事。

按规矩，梅兰芳的妻房都必须出席丧礼，披麻戴孝接待四方吊唁的宾客。

孟小冬是识大体的人。即使和梅兰芳的关系已产生裂痕，但内心深爱梅兰芳的她依然剪了短发，头戴白花来到梅宅祭奠伯母。

戏剧性的一幕出现了。

福芝芳拦着孟小冬，拒不承认她是梅家人，坚决不让她进门，甚至拿肚子里的孩子相要挟。

梅兰芳只好让步，打发孟小冬赶紧离开。

众目睽睽下，生性要强的孟小冬受到此等侮辱，悲愤欲绝，说好的“兼祧两房”不过是一句谎言，自己根本就无名无分。

哀莫大于心死，本以为梅兰芳能站出来为她说一句公道话，可是梅兰芳秉着息事宁人的态度，竟连半点维护她的意思都没有，让她陷于四面楚歌、孤苦无依的境地，何其懦弱、何其自私，又何其残忍？

孟小冬的心彻底破碎。

后来，在一个风雨之夜，梅兰芳在孟小冬的家门口祈求见面，但决绝的孟小冬一直不肯开门。她无法释怀，无法原谅梅兰芳。

梅兰芳在雨中站了一夜，无果，怅然离去。

1931 年，为了打离婚官司，孟小冬找了律师。最后还是在上海赫赫有名的青帮老大杜月笙的调解下，以梅兰芳支付 4 万离婚费用给孟小冬作为了结。

1933 年 9 月，孟小冬在《大公报》头版连登三日的离婚声明：“冬当时年岁幼稚，世故不熟，一切皆听介绍人主持。名定兼祧，尽人皆知。乃兰芳含糊其事，于祧母去世之日，不能实践前言，致名分顿失保障。毅然与兰芳脱离家庭关系。是我负人？抑人负我？世间自有公论，不待冬之赘言。”

此后，两人劳燕分飞，形同陌路。

05

孟小冬再也不见梅兰芳。

原本恩爱的一对璧人，落得如此结局，粉丝们无不痛心疾首、唏嘘不已。

“有人说她凉薄，可凉薄的人不会有那些热气腾腾的爱与坚守。她需要的是一个坦坦荡荡的承诺、一份踏踏实实的爱与安全感。”

既然爱已逝去，那就决绝地断舍离，不拖泥带水，不藕断丝连，不哭哭啼啼，干脆利落，给对方一个骄傲和倔强的背影。

但过程是漫长和痛苦的。

与梅兰芳分手后，孟小冬绝食、生病、避居津沽，甚至一度皈依佛门。尔后，在朋友的劝告下，孟小冬才一步步走出情伤，也甩下了两句掷地有声的话：“我以后要么不唱，要唱就要比梅兰芳唱得好；要么不嫁，再嫁人就要嫁一个一跺脚四城乱颤的人。

有尊严、有底气，孟小冬华丽转身，如凤凰涅槃，开启了崭新的人生。

她钻研戏剧，重新拜师学艺，取得了很大的成就。随后跟随四大须生之首余叔岩学习深造，凭借一股毅力和专业精神，尽得真传，成为天下第一女须生。

此后重返舞台，场场爆满，风靡全国。

傲骨铮铮的孟小冬做到了。

后半生，她遇到了生命中的第二个重要的男人——杜月笙，与这位“流氓大亨”谱写出了一段感人恋曲。

杜月笙，号称上海滩大佬。

据说，他是中国300年来黑帮第一人，绑架过宋美龄，在宋子文的家门前放过两颗炸弹，在孔祥熙的门口摆过棺材，人称上海滩的“地下皇帝”。

这是一个心狠手辣、让人望而生畏的男人。

可对孟小冬，他却柔情似水、呵护备至。

人性是很复杂的，倘若一个男人对所有人千般好，唯独对你不好，那他依然算不上一个好的爱人；倘若一个男人对所有人万般坏，唯独对你好，那他就是一个好的爱人。

对孟小冬而言，想必这种体会更为深刻。

杜月笙虽是流氓，但算得上是一个有文化的流氓。他酷爱京剧，有“天字第一号戏迷”之称。当年无论多么出名的京剧演员来上海，都会到杜月笙那里做客。

作为上海滩名震一方、有权有势的男人，他完全可以利用权力让孟小冬屈服，可是他没有这么做。他爱她、敬她，锲而不舍地追求她10年，用真情、柔情、深情渐渐温暖这个孤傲的女子，让她那颗伤痕累累的心一点一点地愈合，直到完全接纳他。

据悉，一次孟小冬生病，四处求医，病情都不见好转。杜月笙听闻后，心急如焚，立即派了一艘小火轮，把北京的名医孔伯华接来上海为她看病。

孔伯华给孟小冬开了一个简单的方子，就将孟小冬的病给治好了。杜月笙大喜，豪掷十万大洋给孔伯华。

有钱的男人很多，但有钱又愿意为你花钱的男人不多，金钱不是衡量爱情的标准，但有时金钱又恰恰是爱情的试金石。

在孟小冬拜余叔岩为师学艺的5年时间里，为了解决她的后顾之忧，杜月笙全心全意地在经济上资助她，让她心无旁骛地学习钻研，成为余叔岩的关门弟子。

当日寇占领上海时，杜月笙得知孟小冬在上海，立马写信让她速来香港。只因他人在香港，可以竭尽全力庇佑孟小冬，为她遮风挡雨，让她有栖息之处。

乱世中，孟小冬的安危无时无刻不牵绊着杜月笙的心。

“我一生渴望被人收藏好，妥善安放，细心保存。免我惊，免我苦，免我四下流离，免我无枝可依。”

对杜月笙，孟小冬心生感激。

06

1947 年 9 月，杜月笙利用 60 寿诞的机会，以赈灾的名义诚邀南北京剧名角前往上海唱戏。梅、孟二人是否同台献艺成为当时戏迷最关心的事情，很多八卦媒体也想捕捉这段绯闻。

在杜月笙的精心安排下，避开了让各方都很难堪的场面：10 天的戏，排 5 天不重样的戏码——梅兰芳唱 4 场大轴，孟小冬唱 1 场大轴，5 场演毕，翻头重复。

杜月笙是懂孟小冬的，他知道，孟小冬不想见到梅兰芳。

事后，据梅兰芳的管事姚玉芙说，孟小冬演了 2 场《搜孤救孤》，梅先生在家听了两次电台转播……

斯人已去，此情可待成追忆。

此后，孟小冬将自己的一颗心，彻底给了杜月笙。

她从此谢幕，《搜孤救孤》成了她的绝唱。

除了教授徒弟外，她此后只唱给杜月笙听。

1950 年，国内形势风云变幻，杜月笙打算移居国外。一直跟在他身边、无欲无求的孟小冬突然轻描淡写地说了句："我跟着去，算使唤丫头还是女朋友呢？"

此话一出口，杜月笙立即明白了孟小冬对实打实的名分的在乎。当初孟小冬和梅兰芳在一起，就是受尽无名无分的苦，所以他必须加倍补偿给她。

不顾家人的阻挠，已恶病缠身的杜月笙坚持要与孟小冬补办一次婚礼。他知道自己时日不多，若他死了，孟小冬因为不再唱戏，没有收入来源，如果在杜家又无名无分的话，也不可能分到遗产。

出于爱，出于责任，杜月笙力排众议，终于给了孟小冬梦寐以求的名分。

喜宴宴请了杜月笙的至亲好友。杜月笙命人定了 900 港币一桌的宴席，整整 10 桌，还让自己的孩子给孟小冬行跪拜礼。

从他们遗存下来的婚礼照可以看出，那晚，形销骨立的新郎杜月笙穿起了长袍马褂，头戴礼帽，坐在手推轮椅上，由人搀扶着站在客厅中央，新娘孟小冬着一件崭新的绲边旗袍依偎而立。

杜月笙一生共名媒正娶了 5 位太太，有 3 位太太是舞女或演员，各个有才有貌、姿色上等。而一代名伶孟小冬成了杜月笙的五姨太，有了一个稳定的归宿。

这年，杜月笙 63 岁，孟小冬 42 岁。

青春不再，红颜不再，可他那颗爱她的心，一直都在。

"民国四公子"张伯驹曾为孟小冬赋诗："梨园应是女中贤，余派声腔亦可传，地狱天堂都一梦，烟霞窟里送芳年。"看来，张伯驹对于孟小冬嫁给杜月笙一事，是颇感惋惜的。

可是婚姻的好与否，从来就是一件如人饮水、冷暖自知的事。

杜月笙曾说过，男人要保护的是家中的父母、怀里的妻儿，还有脚下的土地。

从这可以看出，孟小冬选择了一个有情有义的男人。

也许杜月笙不是孟小冬最爱的人，却是她有生之年待她最好的人。

一年后，杜月笙病逝。

作为五姨太的孟小冬，分得了 2 万美元的遗产，并迁居台湾，孤独度日。

据悉，曾让无数戏迷高呼“吾皇万岁”的孟小冬，晚年闭门静养，生活极其平淡。

关于她晚年的报道也几乎绝迹。只是后来我们在台湾著名主持人蔡康永的回忆录里看到过孟小冬的一丝痕迹。

蔡康永说，少时他曾随父亲拜访过孟小冬：“我看看老太太，想看出点‘冬皇’派头，但只记得望去一片片影影绰绰，灰扑扑的，实在看不出‘冬皇’的架势，我那时还不懂得：无论你是哪界的帝，哪界的皇，一被岁月搓洗，都只能渐渐化为灰扑扑的影子。”

岁月无情，哪怕你是当时红透半边天的绝世名伶，也在斑驳时光的摧毁下，不复绚烂。

1977 年 5 月 26 日，孟小冬于台北逝世，享年 70 岁。

07

她的前半生，遇见了梅兰芳。

她的后半生，遇见了杜月笙。

这两个男人都赫赫有名，他们的辉煌掩盖了孟小冬的芳华，但不可否认，他们都爱过这样一个特立独行的女子。

在与梅兰芳的爱情中，孟小冬曾卑微过，为了他，甘心收敛光芒，低到尘埃里，但内心依然满心欢喜，开出花来。

每一个女子最初都会仰望、钦慕一个男子，然后无怨无悔地爱着他。

可是当爱已成往事，每个女子面对伤害自己的男人，都会作出不同的抉择。有的一蹶不振，沉沦堕落，像老舍在《月牙儿》里写的人物韩月容；有的用极端的行为毁灭自己，香消玉殒，像和孟小冬同一时期的著名影星阮玲玉；有的从此成为怨妇，逢人就喋喋不休地控诉坏男人，像《金锁记》里的曹七巧；而有的挥剑斩情丝，浴火重生，从此活得风生水起，如孟小冬。

在离开梅兰芳后，她活得更加精彩。

这才是一个女子在情伤后，对男人最狠、最有力的报复。

我喜爱的女作家李爱玲写过一段话，我深以为然。

她说："什么才是女人最高段位的报复？是亦舒原著中的子君。子君说：'这一仗我打到最后，原来胜利者是我，我战胜环境，比以前活得更健康。'是面对前夫求复合时掷地有声的刘索拉：'后边儿排队去！'"

当有一天，你云淡风轻、笑意缱绻，拥有健康与才干，活得更好、更美、更胜从前，那个人，终于什么都不是了。

你会明白，最狠的报复，是从此渣男是路人，是纵使相逢应不识。

你心无涟漪，他再也不配让你报复，也不配与你的世界有任何交集。

爱的反面不是恨，是漠然。

与梅兰芳分道扬镳后，孟小冬用她的决绝、刚强及清醒挺了过来，重返舞台，大放异彩，映入杜月笙的眼帘，成为他心头的红砂痣，从此让他念念不忘。

杜月笙知她、懂她、爱她，用强有力的臂弯为她营造了一个避风港，让她不受丝毫委屈。

孟小冬是幸运的，也是幸福的。

或许我们都曾在爱情中受过伤害，或许我们都曾情路坎坷、遇见错的人，但是请相信，在最绝望的时候别放弃，熬过去，我们终会和幸福重逢。

潘玉良 | 遇见大格局的男人，世界从此天宽地阔

找一个能给你灵魂养分的、在精神上让你成长的、

使你变得越来越优秀的人，谈一场天长地久的恋爱吧。

01

年过30的表妹最近很苦恼。七大姑八大姨给她介绍了许多相亲对象。她看得眼花缭乱，一筹莫展。

“姐，你说女人应该选择什么样的男人作为终身伴侣？”感情世界仍一片空白的表妹依然单纯天真，“什么样的男人才算好男人？”

我笑笑：“没有标准答案。”

我想起一句很经典的话：“好的是，你透过一个男人看到一个世

界；坏的是，你为了一个男人舍弃一个世界。”

可什么又是好，什么又是坏呢？

曾经很火的电视剧《我的前半生》的女主角罗子君身边出现了三个男人——前夫陈俊生、追求者老金、日久生情的贺涵。

陈俊生的思维格局是自私而狭隘的。他把子君这么一个名牌大学毕业生，变成了怨妇，让她失去了人生的价值追求。

老金的思维格局是庸俗而自卑的。他觉得自己不够优秀，配不上子君，可他没有想着去努力、去改变，而是为了自己所谓的面子，拉低子君的品位和追求，让子君倍感压抑。

贺涵的思维格局是宽广而细腻的。他硬是把一个脱离社会多年的女性，培养、鼓励、引导成了商界精英！

在婚姻中，男性的思维格局对于女性来说是很重要的，你选择了一个男人，意味着选择了一种生活格局。

女人应该选择格局大的男人作为终身伴侣。

人最大的幸运不是捡钱、不是中奖，而是遇见愿意鼓励你、指引你、帮助你，给予你正能量的人。

子君是幸运的，她遇到了贺涵，从此改头换面、重新做人。

而被誉为中华民国初期“一代画魂”的潘玉良更是幸运的，她遇到了生命中的贵人潘赞化，从此命运被改写。

02

潘玉良，号称“中国画坛第一才女”，与方君璧、关紫兰、蔡威廉、丘堤、孙多慈并称“民国六大新女性画家”。然而和其他五位女性优越的出身背景相比，潘玉良是自惭形秽的，甚至难以启齿。

因为她是一名出身青楼的女子，是当时社会最底层的女子。

那她的人生是如何逆袭，最终成为让世人景仰的画家的？

这与一个名叫潘赞化的男人密不可分。

遇见他，潘玉良的人生轨迹发生了翻天覆地的变化。

之前，她只是怡春院里的一名歌伎，身世飘零，被迫卖艺。

之后，她被赎身，成为他的小妾，学画画，出国留学，享誉世界。

年少时，我们总会憧憬，什么样的爱情才是最好的、最美的？

是像偶像剧里那样，爱得歇斯底里、山崩地裂？

不是的。

经过岁月的洗礼、世事的磨炼，我们发现，其实最好的爱情，不一定是爬过山丘，有人在等候。而是，你路过我的世界，我无怨无悔地爱过，你让我，变成了更好的自己。

潘赞化，让潘玉良变成了更好的自己。

说起两人的相遇，也颇具戏剧性。

那天，风和日丽，潘赞化来安徽芜湖县上任。这位曾经留学日本、参加过辛亥革命的风云人物，于1913年被任命为海关监督。当地各界人士为其在怡春院接风洗尘。

面对着一大桌献媚谄笑的富商和官员，潘赞化有些厌恶。他是一名新时代青年，追求理想，追求进步，并不热衷灯红酒绿的奢靡生活。可宴会上，一名女子婉转的歌喉深深打动了他：

“不是爱风尘，似被前缘误，花开花落自有时，总赖东君主，去也终须去，住也如何住？若得山花插满头，莫问奴归去。”

唱歌的女子正是潘玉良。

这首《卜算子》，被潘玉良演绎得幽怨凄清，因为那正是她凄凉身世的真实写照。

她1岁丧父，8岁丧母，孤苦伶仃，寄人篱下，在豆蔻年华时，被收养她的舅舅狠心卖到妓院，从此坠入烟柳之地，只能察言观色，倚门卖笑。

被强迫接客时，她以死抗争，奋力挣扎，逃跑多次，都被抓回来痛打一顿。

但潘玉良没有灰心，她相信总有一天，她会逃出恶窟，重新做人。

潘玉良眼中的不屈和倔强深深打动了潘赞化。

他问她："这是谁的词？"

"一个和我同样命运的人。"

潘赞化又问："她是谁？"

"南宋天台营妓严蕊！"潘玉良说道。

潘赞化沉默了，他听懂了曲中意思：讲述了沦落风尘女子的无奈、反抗和对自由的向往。

她万万没有想到，人生的转折点就这样出现。这个男人，改变了她一生的命运。

当晚，官绅、老鸨为了讨好潘赞化，迫不及待地将潘玉良送到其官邸。正直的潘赞化拒绝了，但担心潘玉良受到惩罚，于是他松了口，要求她第二天同游芜湖。

这对潘玉良而言，是个绝佳的机会。她敞开心扉，向潘赞化诉说自己凄凉的身世。潘赞化大为感动，觉得眼前的这位女子，虽置身风月场所，但"出淤泥而不染，濯清涟而不妖"，洁身自爱，品质十分难得。

而潘玉良，也对学识渊博、真诚善良的潘赞化产生了爱慕之心。她诚恳地跪求："大人，求求您，留下我吧。"

已有妻室的潘赞化内心有些纠结，可看到潘玉良凄婉的眼神，他的心一下子软了，便重金将潘玉良从怡春院赎了出来。

"我会送你回老家扬州，做一个自由人。"

可一个大字不识的孤身女子如何在社会上安身立命呢？

潘玉良见惯了世态炎凉、人情冷暖，逃离了火坑，去到另外一个地方，说不定同样也是一个火坑，所以她央求道："回扬州，我一个孤苦女子，无依无靠，我愿终生侍奉大人。"

顶着世俗压力，一年后，潘赞化决定正式娶潘玉良为妾。陈独秀作为唯一的来宾和证婚人，出席了他们的婚礼。

潘玉良原姓陈，后姓张，为感激潘赞化的知遇之恩，婚后便冠以夫姓，矢志不渝。

03

不得不承认，潘赞化是上天赐给潘玉良最珍贵的一件礼物。虽然此门婚姻门不当、户不对，彼此差距很大，但潘赞化没有高高在上、以救世主的身份自居，更没有轻视、奴役潘玉良，他尊重她、肯定她。

得知潘玉良有强烈的求知欲和上进心，他就买了纸墨笔砚教她识字诵书，还专门聘请老师给潘玉良上课，为她打开了探索世界的一扇门。

当时，他们的邻居洪野先生是上海美术专科学校的教授。每天洪野作画时，潘玉良就透过窗户望出去，久而久之，竟也能有模有样地涂鸦几笔。

陈独秀发现了潘玉良的绘画天赋，在潘赞化面前大赞不已：“女子无才便是德的时代应该死去了……如果尽心栽培她，说不定她将来会在艺术方面有些出息呢！”

潘赞化听了，立即让潘玉良拜洪野为师，让其迈进艺术门槛，从此给了她一片广袤的天地。

“嫁人，到底要嫁什么样的人？”

答案五花八门。

但其实在婚姻的选择标准中，一个男人的格局才是至关重要的。

所谓格局，涵盖人格、胸怀、气度这三个条件。

格局大的男人，将女人变得优秀。

格局小的男人，将女人变得平庸，失去自我，甚至将其摧毁。

潘赞化无疑是一个格局大的男人。在婚姻里，他没有禁锢、束缚潘玉良的思想，而是放飞她，让她自由自在地做自己想做的事情。他像一位领路人，引导着潘玉良前进，最终实现目标，迈向成功。

1918年，在潘赞化的鼓励下，潘玉良报考上海美术专科学校，成绩名列前茅。可中途出现了一个小插曲，学校担心录取一名青楼女子，会败坏名声，所以拒绝接受。

潘玉良的老师洪野知道后跑去找校长理论：“艺术，不应该以出身作为取舍标准。”

校长听了，立马在发榜单上写下了潘玉良的名字。

潘玉良华丽转身，成为上海美术专科学校的第一位女学生。

穷人的孩子早当家，有机会接受教育，便心存感激，倍感珍惜。

对潘玉良来说，同样如此。她曾感恩道：“我不止一次地从梦中笑醒。”为此，在校期间，她一直勤奋好学，成绩优异，得到了校长和老师的肯定。

纵观潘玉良的作品，可以发现，女性人体画像最多，自画像也多。

在当时那个年代，政府觉得画裸体是一件恬不知耻、伤风败俗的事，明令禁止，更不允许用模特教学。

但人体写生又是绘画领域中很重要的一项内容。那如何找模特、找灵感呢？

有一天，潘玉良去澡堂洗澡，眼前晃过一群身体赤裸的女人。她灵机一动，这不是很好的素材吗？

怕别人发现，她只能偷偷摸摸地躲在角落里，快速临摹着。

一天、两天，没人发现。潘玉良正庆幸时，有一个女人发现了她，并尖叫着，喊来一群人要对潘玉良拳打脚踢，潘玉良赶紧带着画作落荒而逃。

回到家，惊魂未定的她看到镜中的自己，突发奇想，“我不就是很好的模特吗？”

在青楼里，潘玉良为了名节，宁死不屈，不肯脱去身上的一件衣服。

此时，为了艺术，她却将自己最赤裸裸的一面毫无保留地展现出来。

04

有专家点评潘玉良的画作，说她笔下的女子，没有通常意义上的美或是端庄，她们都处在一种蓬勃的生命状态里，有着与生俱来的野性、热烈和豪迈。

这恰恰和潘玉良的身世有关。

从孤儿到雏妓，再到一名女大学生，她的人生充满着苦难。“她是从社会的黑暗底层挣扎出来的一个新女性，这个漫长的蜕变过程，使得她一直在对人、对女人、对女人的身体作着好奇的审望。每一次观望‘她我’或‘自我’，她都留下一幅画作，真实记录下她最本能的思考。”

这种深度的思想，并不为世俗所理解、所包容。

即将毕业时，潘玉良展出了她的所有习作，其中就包括她在浴室里的人体素描和自画像。

此举在学校引起哗然。大家戴着有色眼镜，纷纷指责她、嘲笑她，将她习画的历程当作低俗的艳闻。

“誓不与妓女同校。”一名女同学叫嚣着要退学。

尽管民国风气开放，但当时的环境却容不下潘玉良。

时任校长刘海粟，一代艺术宗师，中国新兴美术的奠基人。他深知国内闭塞的环境不适合习画，建议潘玉良去欧洲留学，告诉她，只有在那里，她才能尽情发挥她的艺术才能。

潘玉良左思右想，很犹豫，下不了决心。

潘赞化看出了她内心的纠结，鼓励她要勇敢地追求艺术。

看见自己的妻子“揭开伤疤”追求裸体艺术，他不但没有指责，没有觉得丢脸，还一如既往地理解与支持，通过关系为她争取到公派留法的名额，让潘玉良无后顾之忧地踏上求学之路。

离国前送行，夫妻二人在黄浦江码头依依不舍。此去一别，不知何年何月才能相聚?

不是不爱，而是太爱，所以愿意让爱的人“往更多幸福的地方飞去”。

就这样，从1921年到1929年，在长达8年的时间里，年轻的潘玉良辗转法国的知名院校，学完油画学雕塑。留学的学费，几乎全都是潘赞化相助，即使在经济困难时，他也没有停止过。

有了丈夫在物质上和精神上的支持，潘玉良在异国他乡，强忍孤独，发愤图强，成为考入意大利罗马皇家画院的中国第一人。她的作品还在罗马国际艺术展览会上荣获金奖，打破了历史上没有中国人获得该奖的纪录。

1929年，潘玉良学成归来，回到了阔别多年的祖国。

民国时期，限于社会环境等因素，女性成就一番事业往往要付出巨大的牺牲。更何况，潘玉良始终背负着妓妾的身份。这仿佛是一个枷锁、一个魔咒，让她终生难以逃离。

因为卑贱的出身，一回国，潘玉良就遭到记者的中伤：“听说您的作品都是洪野先生画的，您每月给他送钱……”

此次回国，得知恩师洪野生病，潘玉良每月都慷慨解囊，拿钱资助他。可不承想，却遭恶意曲解。

面对质疑，潘玉良拿起笔，当场画了一幅自画像，让记者哑口无言。

举办画展时，她最著名的一幅《人力壮士》——表达中国人抗日决心的画作，却被人有心破坏，写上“妓女对嫖客的颂歌”。

蔑视、挑衅、诋毁，一时间如潮水般涌来，潘玉良心力交瘁。此时，潘赞化的原配夫人也咄咄逼人，大骂潘赞化：“人家男人纳妾，为了自己和太太享受、玩乐，你却供养小老婆读书、留洋！”

潘玉良再也无法承受了。

难道妓女是终生都撕不去的标签？

为了不让丈夫为难，为了追求艺术和独立的人格，1937 年，42 岁的潘玉良再次背井离乡，远赴法国。

对于潘玉良的抉择，潘赞化深深理解。这个女人，有着不容践踏的尊严和骄傲，他必须完好无损地保护她，不让她受到一丝伤害。

踏上邮轮前，潘赞化从怀里取出一条金项链放到潘玉良的手里，鸡心吊坠中镶嵌着两人的照片。

潘玉良紧紧握着，这一握，就是近半个世纪。

他们彼此都没有想到，这次的离开，竟然是诀别，从此两人至死都没有见过面。

05

来到法国巴黎后，潘玉良疯狂作画，靠卖画为生，勉强维持生计。

潘赞化会经常寄些宣纸材料给她，倾诉衷肠。

潘玉良也时时刻刻牵挂着潘赞化，为他写下了相思之诗：“遐路思难行，异域一雁声。露从今夜白，月是故乡明。”

她期盼早日回国，夫妻重逢。

抗日战争爆发，颠沛流离中，潘玉良与潘赞化失去了联系。直到 1950 年，他们才再次恢复了通信。

潘玉良无法按捺内心的激动与思念，去信告诉潘赞化，她要回国。

她不知道，此时国内政治风云变幻。

潘赞化只能在信中隐晦暗示："你要回国，能在有生之年再见，当然是人生快事。不过虑及目前天气转冷，节令入冬不宜作长途旅行。况你乃年近六旬的老媪，怎经得长途颠簸和受寒冷，还是待来春成行为好……"

读完后，潘玉良明白了。当下不宜回国，她领悟了丈夫措辞的用心。

回不了国，潘玉良只能客居国外，废寝忘食地作画。

与潘玉良同时代的女性，像陆小曼、林徽因、宋美龄，她们都擅长画画，但都是一些山水画、花鸟画。绘画对她们这些出身名门望族的大家闺秀来说，只是怡情养性、陶冶情操的途径。但对潘玉良而言，绘画是她的生命，是她宣泄内心、证明自我的方式。

她说过一句名言："我必须画画，就像溺水的人必须挣扎！"

如此狂热，如此强烈，使得潘玉良的女性画像，将人体的柔美与坚实、力量与韵味展现得淋漓尽致，具有独特的美感和生命力，也使得她成就斐然。

她的这一生，留给世人2000多件艺术作品。在美国、英国、意大利、比利时等国举办过个人画展，荣获法国金像奖、意大利罗马国际艺术金盾奖等20多个奖项。法国最大的博物馆卢浮宫收藏了她的油画作品，她成为作品被卢浮宫收藏的第一位中国画家。

民国才女苏雪林高度评价潘玉良："成就在当时中国所有西画家之上。"

徐悲鸿也评点当时的画坛："中国不过三个画家，其中一个便是潘玉良。"

获得巨大的成功，潘玉良渴望与最爱的丈夫分享喜悦。是他，造就了她的今天。

潘玉良曾信誓旦旦地对潘赞化说：“我是属于你的，没有你就没有我。”

如果将潘玉良比喻成种子，那么潘赞化就是土壤。他给了潘玉良一个生根发芽、长成参天大树的机会，他是她生命中不可或缺的贵人、爱人。

女人嫁给不同的男人，就会有不同的命运。

茫茫人海中，潘玉良如此幸运，遇见了潘赞化，并嫁给了他。

这个男人了解她、帮助她、滋养她、成就她，给她爱情、给她保护、给她指引、给她怀抱、给她舞台、给她未来，让她开启了第二次生命，从此涅槃重生，焕发光彩，成为一代传奇女子。

就像《我的前半生》，贺涵对于子君一样。

子君毕业于名牌大学，拥有高学历、高智商，嫁给陈俊生时，陈俊生许下海誓山盟：“我养你”。

结果子君变得一事无成，得过且过。丈夫职场上的任何一个女性，都比她强。

遇见贺涵后，子君从一名全职太太，蜕变成一个商界精英，靠的是自己的努力和贺涵的滋养。

所以，一个女人自身和心灵的成长，其实与她身边出现的男性息息相关。

选择跟什么样的人在一起，就等于选择了什么样的人生！

女人，要凭借慧眼，选择一位大格局的男人作为伴侣，要找一个“养”你的男人，不是供养、不是奉养，而是滋养。一个好男人之于女人，带来的不仅是生命的丰盈，更有灵魂的润泽。

06

在巴黎，有一名叫王守义的男人对潘玉良心生爱恋。但潘玉良明明白白地告诉他：“朋友，我讳言，我有痛苦，但也有宽慰，那就是赞化和我真诚相爱，我虽然和他隔着异国他乡，但我相信总有一天，我还要回到他的身边。”

两人最终以姐弟相称。

在法国，潘玉良有一个绰号叫“三不女士”：不加入外国国籍；不恋爱、保持独立；不和任何画商合作。

不恋爱，是因为内心有爱着的人。

潘玉良，一直在默默地等待潘赞化，这份感情漂洋过海历经多年，仍弥足珍贵。

1959 年 7 月，潘赞化病逝。

两年后，潘玉良才知道这个噩耗。可她一辈子都忘不了他，这个改变她一生命运的男人。

我想，潘赞化又何尝不是。近半个世纪的相思，缠绵了他的一生。

他理解潘玉良、包容潘玉良，才舍得放手，让她义无反顾地去追逐梦想、实现自我。

其实潘玉良并不是花容月貌的女人，虽然现在有很多影视题材都刻意美化她的相貌，但据熟识潘玉良的人描述：“真实的潘玉良是一个又矮又胖、长着一个狮子鼻并且嘴唇很厚的丑女人，不但长相不符合通常所谓的‘女性美’，做事、说话直来直去，嗓音也像男人，擅长唱京剧老生。”

初次邂逅，潘赞化没有怦然心动，可是最终，潘玉良的善良、执着、才情打动了他。他爱上了这个有灵魂的女人。

不得不说，潘赞化的格局实在是大。

记得有人说过，男人分两种，格局大的男人和格局小的男人，格局小的男人怼老婆，而格局大的男人宠老婆。

潘玉良和潘赞化的婚姻关系，从一开始就有身份、门第上的悬殊，又聚少离多，潘玉良也不是潘赞化的正妻。但潘赞化能看到潘玉良皮囊之下的人格魅力和才华天赋，给予发自内心的欣赏和倾力支持。在男女权利关系极其不对等的旧社会，这种基于爱的成全，显得尤其可贵。就算在当下，很多男人也做不到吧。

晚年，徘徊在塞纳河畔的潘玉良形单影只，她在孤独地怀念她的爱人潘赞化。尽管她已功成名就，像一个神话，让所有人仰望，但在她的内心深处，她无比渴望叶落归根。

死前，她立下遗嘱：

第一，为她换上一套旗袍，作为一个中国女人下葬。

第二，将潘赞化送给她的项链和怀表转交给潘家的后代。

第三，一定要把她的作品带回祖国。

1983年，潘玉良在法国巴黎博物馆保存的3000余件艺术作品，被完整地运回中国，收藏在安徽省博物馆。而她珍藏近半个世纪的潘赞化送给她的怀表，也最终交回给潘家的子孙。后人将潘玉良的衣冠与潘赞化葬在了一起。

有人说，爱情于生活而言，本身就是锦上添花，而不是雪中送炭。

可对潘玉良而言，她的爱情不仅是锦上添花，更是雪中送炭。

她遇到了潘赞化，命运为她打开了一扇窗，从此她的人生与众不同。

她活成了一个传奇。

张爱玲｜体面分手，是对感情最好的告别

学会放手，你的幸福需要自己成全。

01

前些天，邻居老王的儿子与女友分手了。

具体分手原因不详，可是两人闹得不可开交。女孩的家人亲自跑到老王家来大吵大闹，直骂老王的儿子混蛋。女孩也不甘示弱，在老王家门口歇斯底里地捶胸顿足，看见老王的儿子出来，上前就一个耳光扇了过去。

场面混乱、疯狂，围观的人很多。大家都在看笑话。

老王垂丧着头，一言不发。

对于红尘中的饮食男女来说，分手其实司空见惯。可是如何分得体面，却是考验人性、考验情感的难题。

有人说，没有哪一种分手是无痛的，但成熟的人至少会选择体面一点。

与其两败俱伤，不如一别两宽。

像张爱玲，在爱的时候全情投入，甚至不惜低到尘埃里，可一旦分手，优雅地转身，体面地告别，不纠缠、不打扰、不回头，骄傲地从对方的生活中彻底消失，此生再无交集，留给对方一个念想。

我觉得，这才是最得体的分手方式。

那年，张爱玲在给胡兰成的诀别信上写道："我已经不喜欢你了，你是早已不喜欢我了的。这次的决心，我是经过一年半的长时间考虑的。彼时唯以'小吉'故，不欲增加你的困难。你不要来寻我，即或写信来，我亦是不看的了。"

如此决绝，干脆利落。

从此，张爱玲从未就这一场恋情说过只言片语。

倒是胡兰成，出书追忆，念念不忘。

她成了他心口上的一颗朱砂痣。

02

张爱玲，出身名门，家世显赫，祖父张佩纶是清末名臣，祖母李菊耦则是李鸿章的长女。生活在这样的豪门世家，张爱玲本该过着衣食无忧、自由自在的幸福生活。

可张爱玲说，生命是一袭华美的袍，上面爬满了虱子。

尊贵富足的家境下，掩盖不了她那颗缺失爱、渴望爱的弱小心灵。

张爱玲的父亲张志沂，标准的纨绔子弟，整日花天酒地、赌博、逛窑子、养姨太太、吸大烟。母亲黄逸凡，独立新潮，崇尚自由。她无法忍受丈夫的颓唐之态，在无休无止的争吵过后，一怒之下与小姑子张茂渊远赴欧洲求学，只留下年仅4岁的张爱玲在那个压抑绝望的大房子里，度过没有一丝光亮的童年。

8岁那年，美丽洋气的母亲回来了，这给张爱玲带来了短暂的快乐。母亲教她弹琴、画画，为她黯淡的生活增添了一抹光彩。就在张爱玲沉浸在一家其乐融融的幸福中时，母亲和父亲最终还是因观念不和离婚了。

母亲再度漂洋过海去留学，父亲再婚，张爱玲有了继母。

在继母的挑拨离间下，父亲一次次毒打张爱玲。家，彻底成了一座冰冷的房子，她感受不到爱，也看不到任何希望。

张爱玲变得孤独、敏感、忧郁、寡言，唯有靠写字抒发内心的苦闷。

1943年，23岁的张爱玲已成为上海滩最炙手可热的女作家。她以惊人的才华实践自己“出名要趁早”的这一名言。

然而，也就是在这一年，像命中注定的缘分，张爱玲遇见了37岁的胡兰成……

那天，大文人胡兰成在杂志上看到张爱玲的文章时，眼前顿时一亮。他惊叹这个年轻的作者竟然有如此出彩的文笔!

问杂志社索要了地址，胡兰成贸然登门求见，却吃了一个闭门羹。

胡兰成没有泄气，诚意十足地将一张写有姓名、联系方式、求见原因的字条塞进张爱玲家的门缝里，期待相见。

彼时，胡兰成已有一妻一妾，可他依然对其他女人抱有一颗狂热追求的心。

第二天，张爱玲拨通了电话，拜访了胡兰成。

他第一次见她，是惯有的谦谦君子模样。她眼高于顶，所以在一个慕名上门求见且名头不小的才子面前，起初并未露太大声色，甚至一直拿捏着那点骄傲强充门面。但在内心，她对他一见如故，这种惺惺相惜的感觉简直百年难遇。因此，胡兰成以他的渊博、幽默、风趣，尤其是对她的那点“懂”，便轻轻叩开了她的门扉：“他一个人坐在沙发上，房间里有金沙金粉埋的宁静，外面风雨琳琅，漫山遍野都是今天。”

从诗词歌赋到人生哲学，再到当前时局和眼下上海流行的新鲜事物，两人初见，竟不可思议地滔滔不绝聊了 5 个多小时。

爱情，以无法阻挡之势悄然来临。

从来不喜见客、不爱敞开心扉的张爱玲破天荒地与初次相遇的胡兰成说了太多掏心窝子的话。

胡兰成赞美张爱玲：“人品与相貌，好比一朵白芍药。”

又称赞她的文章：“读你的文章，像踩在钢琴上，每一步都能发出音乐……”

甚至才华出众的胡兰成还说出那句民国最著名的情话：“但凡是世界上有关张爱玲的，我都以为是好的。”

遇到这样柔情的男子，张爱玲终究还是招架不住。

表面孤傲、不可一世的她，自幼缺乏温情、缺乏爱，当遇见一个懂她、疼她的知音时，顿时卸下所有防御，心一下子变得明媚起来。

03

在赠送给胡兰成的照片背后，张爱玲卑微地写道："遇见你我变得很低很低，一直低到尘埃里去，但我的心是欢喜的，并且在那里开出一朵花来。"

为爱，骄傲倔强的张爱玲放下了身段，奋不顾身地投入胡兰成的怀抱。

"我们整夜整夜地说话，才握着手，天就快亮了。"

胡兰成每隔一日就去张家，两人情意绵绵，诉说着情人间的甜言蜜语。

张爱玲的朋友回忆，有一天，去看望张爱玲，发现她穿了一件袍子，眉眼都是遮不住的快乐，说这是胡兰成挣了钱给她买的。

那时，在张爱玲孤高又冷漠的个性里，竟充满了爱。

为此，她不顾亲朋好友的反对，毅然嫁给了胡兰成。

胡兰成，文化汉奸。汪精卫叛国投敌后，胡兰成被其网罗帐下，升任汪伪宣传部政务次长，并兼汪伪集团机关报总主笔，在报纸上撰写了不少卖国社论。

即使千夫所指，万人唾骂，张爱玲也甘之若饴。

"他懂我，这就足够。"

因为相知，所以懂得。

因为懂得，所以慈悲。

对于内心敏感、苍凉的张爱玲而言，伴侣的"懂得"就是上帝最好的恩赐，它意味着灵魂的惺惺相惜。

一直在缺乏阳光、缺乏温暖的家庭长大，张爱玲感受到的更多是凉薄的人性，胡兰成的出现，让她体会到爱情的甜蜜与美好。因此，她不以尘世的价值观去品评一个人。她没有什么政治观念，只是把胡兰成当作一个懂她的男人，而不是汪伪政府的汉奸。

对于胡兰成的妻室，她也不在乎，因她似乎并没想到天长地久的事。

她在一封信中对胡兰成说："我想过，你将来就是在我这里来来去去亦可以。"

也许她只在乎胡兰成当下对她的爱，其他的，她都不愿多想。

于是，她倾尽自己的全部去爱他，在世人诧异的眼光中，爱得那样超凡脱俗。

"将来日本战败，我必难逃一劫。只能隐姓埋名，东躲西藏。"胡兰成提醒张爱玲。

"那时你变姓名，可叫张牵，或叫张招，天涯海角有我在牵你、招你。"张爱玲信誓旦旦地说。

当爱来临时，人容易被冲昏头脑，失去理智。盛世才女张爱玲也不例外。

1944年，在没有婚礼，也没有结婚证，只有一纸简单至极的婚书情况下，她与胡兰成结婚。

"胡兰成与张爱玲签订终身，结为夫妇。愿使岁月静好。"

这是他俩签订的婚礼誓言。

多么美丽的誓言，多么美好的憧憬，可终究成空。

婚后，胡兰成没有收敛风流本性，依然艳遇不断。他先是在武汉认识了一个年轻貌美的17岁护士周训德，并和对方打得火热、如胶似漆。在小周母亲的要求下，胡兰成又和小周举行了一次婚礼，将张爱玲抛诸脑后。

回到上海后，胡兰成才将小周的事情告诉张爱玲。

张爱玲十分震惊，她想不到自己一片真心，胡兰成竟如此待她?

张爱玲要求胡兰成在她和小周间，做出一个选择。

胡兰成说："我待你，天上地下，没有得比较。若选择，不但于你是委屈，亦对不起小周。"

如此说辞，竟让张爱玲无以应对。难过惆怅之余，她选择了原谅。

值得吗?

可那时的张爱玲心中还残存着爱，所以她在《半生缘》回答："你问我爱你值不值得，其实你应该知道，爱就是不问值得不值得。"

04

1945 年，时局动荡。胡兰成一路逃亡，逃到浙江一个同学的家里，不久就和同学的继母范秀美勾搭上。

张爱玲冒着战火，千里迢迢跑来看望胡兰成。

胡兰成"一惊，心里即刻不喜，甚至没有感激"。

他安排张爱玲住旅馆，而自己，依旧肆无忌惮地和范秀美同居。

聪慧如张爱玲，已隐约察觉到三人间的尴尬关系。

她深爱的丈夫，风流薄情，而自己，竟然一往情深。

到头来，他还是背叛了、辜负了这段爱情。

第二天，张爱玲毅然离开。

"那天船将开时，你回岸上去了，我一人雨中撑伞在船舷边，对着滔滔黄浪，伫立涕泣久之。"

遭到背叛，清高孤傲、才华盖世的张爱玲一样会像普通女子那样伤心落泪。遇到胡兰成这样一个没有道德底线的男人，是张爱玲的不幸。他毁了她对爱情及婚姻仅存的一点幻想。

“我在阳台上看外面的风景，后来转身进去梳头发，边梳头发的时候，头发纷纷扬扬地落下来。”

张爱玲在一篇散文里，透露这段感情对她的打击有多大。

对这个世界，她一直保持着最大的警戒与疏离，但胡兰成几乎不费吹灰之力便卸下了她的全部铠甲。让人觑到了软肋，便交出被他肆无忌惮伤害的权利。“我想过，我倘使不得不离开你，亦不致寻短见，亦不能够再爱别人，我将只是萎谢了。”

离开胡兰成后，张爱玲的创作陷入了低谷期。

可张爱玲没有沉沦。她写来诀别书，并附上30万元巨额稿费给胡兰成，彻底告别这段恋情。

后来，胡兰成曾写信给张爱玲的好友炎樱，企图挽回感情，但张爱玲置之不理。

“我与她亦不过像金童玉女，到底花开水流两无情。”

坚决果敢地结束一段错误的感情，需要勇气，也需要智慧。

有人说，民国女作家中，只有萧红的才华能与张爱玲比肩，但在对待感情的态度上，萧红远比不上张爱玲决绝坚韧。

已经被男人伤过了，张爱玲选择自动了结。她不会让自己再受一次伤，这就是成熟的表现。那给男人的30万元，是一种姿态：我给你的，远比你给我的还多。

我不需要你。

张爱玲在分手时表现出来的态度，令人敬佩。

情感里的纠纷，不是非黑即白。一段恋情的消逝，总有它无法抗拒的原因。面对不尽如人意的结果，我们唯一能做到的，就是为自己和对方保留最后的尊严，互不伤害，彼此成全，从此在各自的世界里安好，不挽留，不纠缠，不打扰。

这才是一个成熟的人处理感情所应有的态度。

张爱玲做到了。

05

20世纪50年代的时候，胡兰成移居日本。得知张爱玲去了香港，他托人去寻访，但未遇着，那人便留下了胡兰成的地址。

半年后，胡兰成收到一封信：手边若有《战难和亦不易》《文明与传统》等书（《山河岁月》除外），能否暂借数月作参考？

没有抬头，没有署名，字迹很熟悉，是张爱玲的。

胡兰成大喜，以为她旧情未忘，便想着重续前缘，马上寄出新书与照片。后来，他又写了缠绵悱恻的书信过去，但张爱玲一概不回，末了才寄来一张短笺：你的信和书都收到了，非常感谢。我不想写信，请你原谅。我因为实在无法找到你的旧著作参考，所以冒失地向你借，如果使你误会，我是真的觉得抱歉。《今生今世》下卷出版的时候，你若是不感到不快，请寄一本给我。我在这里预先道谢，不另写信了。

张爱玲的态度很鲜明，这段情，她早就挥剑斩断了，再也不抱念想和希望。

倒是胡兰成，仍铭心镂骨。晚年，他著有自传《今生今世》《民国女子》等。在这些书中，胡兰成坦诚讲述自己一生中有多个女人，张爱玲虽只是他人生路上的一个插曲，却是他整个后半生都魂牵梦萦的人。

“张爱玲是民国世界的临水照花人。”

“我们俩在房里，好像‘照花前后镜，花面交相映’，我与她是同住同修，同缘同相，同见同知……”

这是胡兰成在《今生今世》“民国女子”中关于张爱玲的一段文字。

而他在《我身在忘川》中写道：“想你与我之间的事，仿佛是做了一场梦，你是一直清醒着的，而我……梦醒来，我身在忘川，立在属于我的那块三生石旁，三生石上只有爱玲的名字，可是我看不到爱玲你在哪儿，原是今生今世已惘然，山河岁月空惆怅，而我，终将是要等着你的。”

“也许每一个男子都有过这样的两个女人，至少两个。娶了红玫瑰，久而久之，红的变了墙上的一抹蚊子血，白的还是‘床前明月光’；娶了白玫瑰，白的便是衣服上的一粒饭粒子，红的却是心口上的一颗朱砂痣。”

这是张爱玲对男人最真实精辟的描写。

或许男人都是不知足的，尤其对胡兰成这样风流成性的男人来说，得不到的就是最好的，失去的也是最好的。

和张爱玲分手后，胡兰成无法忘怀。但张爱玲，一直不回应、不解释，安静地在自己的世界里，内心平和，老死不相往来。

她是真的放下了。

张爱玲在《倾城之恋》中写道：“范柳原对流苏说：‘你是医我的药。’”

对曾经爱得痴迷、爱得认真的张爱玲来说，当时的胡兰成就是她的药。

可如今，不是了。

时间才是医治失恋最好的良药。

岁月有多长，遗忘就有多长。

06

离开胡兰成后，张爱玲孤身去了香港，后来辗转前往美国。

在大洋彼岸，她认识了赖雅，一个年长她30多岁的美国作家。

赖雅离过婚，有一个女儿，但他富有才华、稳重宽厚，给予了张爱玲从未有过的温暖。从情伤走出来的张爱玲，很快心动了，与赖雅陷入爱河，展开了一段忘年之恋。

1956年，36岁的张爱玲嫁给了65岁的赖雅。

婚后，两人的经济非常拮据。为了糊口，张爱玲不得不靠写作来维持生活。可是她的作品难以再现20世纪40年代在上海滩的辉煌，她对美国社会缺乏深入了解，写出来的作品不被出版社接受，几乎都被退回，这让张爱玲深受打击。与此同时，赖雅的身体出现恶化，多次中风，最后一直瘫痪在床，张爱玲只能一边写作，一边护理赖雅。

这个过程漫长而痛苦，但张爱玲一直不离不弃，毫无怨言。

携手11年后，赖雅走完了人生最后的道路。

外界曾猜测张爱玲与赖雅之间不是真爱。可后来从两人的书信往来可以看出，他们的爱情甚笃，相濡以沫。因为信中有张爱玲对两人未来生活的规划、对自己未来创作的自许。倘若不爱一个人，又怎么会和他一起期待未来呢？

况且，张爱玲至死，都是以赖雅为自己的姓，以赖雅夫人的身份自居。

“死生契阔，与子成说，执子之手，与子偕老”，是爱情里最动人的情话。但张爱玲说，这是《诗经》里最悲哀的一首诗。

她最终还是未能与赖雅“与子偕老”。

赖雅去世后，张爱玲独自一人在美国过着离群索居、与世隔绝的凄冷生活。

“张爱玲晚年时出现幻想症，认为美洲跳蚤到处跟着她，她不断搬家，根本没有家具，拖着一大堆纸袋不断地四处搬家。去世时家徒四壁，屋里连一张写字台也没有，只有一个旧床垫，她太苦了！”

张爱玲的好友夏志清回忆道。

暮年时的张爱玲，与外界彻底断了联系。直到 20 世纪 80 年代，久未露面的张爱玲才再度声名日隆，被关注和认可。

但这一切繁华，早已与她本人无关。

她将自己关在美国的一所公寓里，足不出户，拒绝所有来客，谢绝所有采访。就连母亲来信，想见她最后一面，也被她残忍回绝。

没有人知道这位已满头银丝的老妪最后的生活是怎样的，只知道，她以最孤独的姿势，消失在这个世界上。

1995 年 9 月 8 日的中秋节，张爱玲被发现病逝于美国公寓内，穿着她生前最爱的赭红色旗袍，而距离她去世的时间，已经过去整整一周。

遗嘱是不留骨灰，将骨灰撒向大海或旷野。

她的人生终于静静地落幕了。

张爱玲的一生，充满了传奇。特别是关于她的情感故事，一直为外界所津津乐道。

很多人都替张爱玲感到不值，如此一个盛世才女，第一段婚姻选择了胡兰成，结果被舆论讨伐，伤得体无完肤。第二段婚姻选择了落魄文人、大叔赖雅，结果贫困交加，守寡终生。

其实，心境悲凉的张爱玲对感情一直看得十分透彻。她说：“生于这世上，没有一样感情不是千疮百孔的。”所以，遇见了，是缘分；消逝了，不后悔。

无论如何，我们都得感谢对方曾经来过我们的世界，在我们的生命里留下痕迹，让我们学会成长与成熟。

“我的某一页人生，已写满你的篇章。”这是我们认真对待这段感情的记号。

仅此，已足够。

阮玲玉｜选一个高贵的伴侣有多重要

人这一生，可以锤炼的，只应是自给自足的幸福。

如果达不到这样的状态，你的痛苦永远没法拯救。

01

有一则新闻曾在网络上被传得沸沸扬扬，一度成为热门话题。

新闻讲的是，号称“上海第一美女”的网红沈丽君，因不堪忍受丈夫出轨、第三者挑衅，自己又身患癌症，于是在写了一封长长的遗书后，绝望地结束了自己年轻而美好的生命。

在遗书中，她痛苦地哭诉：“嫁给了垃圾，青春喂了狗，自己选的路，如今却让我走投无路……”

这则令人痛心、唏嘘的事件，让我仿佛看到了很多年前风华绝代的阮玲玉的身影。当年，红极一时的著名影星阮玲玉，也是在被渣男伤害、恋爱失败、谣言满天飞的绝境下，走上了一条不归路，年仅25岁。

关于阮玲玉的身世，在她生前，一直是讳莫如深的秘密。直到最近几十年，这层神秘的面纱才得以揭开。

原来，阮玲玉自幼生长在上海一个贫寒家庭里，父亲早逝，母亲在一家姓张的大户人家里做女佣。用人在那个年代，社会地位极其低下。为此，成名后的阮玲玉对自己的童年往事缄默不语。然而在内心深处，她始终无法忘怀张家后院那个逼仄的生活空间，还有在崇德女校里那个落落寡欢、闷闷不乐的自己。

来自底层的卑微，造就了早年的阮玲玉阴郁悲观的性格。她没有朋友，孤独落寞的心里期待一丝亮光的照入。

02

张家四公子张达民的出现，对当时的阮玲玉而言，就是那一道明媚的阳光。他帅气、多金，受“五四”新思潮影响，拥有一张大学文凭，是不折不扣的富二代、众多女孩心中的白马王子。

白马王子偏偏喜欢上了灰姑娘。

一次偶然的机会，19岁的张达民邂逅了16岁的阮玲玉。

花季中的阮玲玉，亭亭玉立，琼葩吐艳，朗朗照人，虽荆布不饰而韵致嫣然。

张达民顿时一见倾心，展开了热烈的追求。

自幼在穷人堆里长大的阮玲玉，自然难以招架有钱人的“爱情套路”。很快，阮玲玉就深陷其中，像许多情窦初开的少女一样，期待一份纯真美丽的爱情。

年轻的我们，总是懵懂无知。正因为无知，所以才无畏。就像彼时的阮玲玉，为了这一段在她看来纯美的爱恋，义无反顾、坚定不移。可是后知后觉的她并不知道，张达民是她此生挣脱不开的大网，囚禁了她所有的幸福。

那时，坠入爱河的阮玲玉没有看清张达民的真面目，不清楚背地里他就是一个纨绔子弟，终日无所事事，游手好闲，根本不具备养家糊口的能力，承担不了一个男人所应该承担的责任。两人只是像青春懵懂的少男少女一样，甜蜜地缱绻着。

消息很快传到张母耳畔，张母大为震怒。她开除了阮母，强烈反对用人的女儿与自己最宠爱的儿子交往，认为这桩婚事门不当、户不对。

叛逆的张达民索性在外租了一间房子安顿阮玲玉母女。

那时的阮玲玉太天真，一心以为她和张达民的感情会修成正果，因此退了学，和张达民开始了同居生活。

渐渐地，没有任何经济来源的他们过着捉襟见肘的日子。这时，一个改变阮玲玉命运的人出现了，他就是张达民的大哥张慧冲。

张慧冲是中国第一代著名导演和中国第一位武侠明星。他非常同情阮玲玉的遭遇，更独具慧眼地发现了阮玲玉的天资。

他问阮玲玉："你想不想当演员？"

阮玲玉几乎是不假思索地答应了。影星是当时女孩子最向往的职业，不仅待遇高，而且有一定的社会地位。阮玲玉迫切希望有一份工作能让她自力更生。

于是，张慧冲亲自将阮玲玉带到片场。

导演卜万苍一眼相中了毫无表演经验的阮玲玉，让其出演《挂名夫妻》的女主角。

“她有永远抒发不尽的悲伤。”从此，阮玲玉在中国影坛上大放光彩，成为一颗璀璨明星。

有些演员，不需要经过科班的专业训练，而是凭借天赋和灵气，就能牢牢地端稳老天爷赏赐的这个饭碗。比如阮玲玉。

导演孙瑜高度评价阮玲玉的表演艺术：“阮玲玉的天才演技，是中国电影默片时代的骄傲。”

当时与阮玲玉齐名的胡蝶也由衷赞叹：“阮玲玉演得了我演过的角色，我演不了她演过的角色。”

据说，阮玲玉是民国历史上也是中国历史上，重拍次数最少的演员，她也被当时的导演称作最省胶片的演员。

出神入化的演技，让阮玲玉迅速成为上海滩一颗耀眼的新星。随后，她凭借《故都春梦》《野草闲花》《三个摩登女性》等多部影片，开启了中国电影史上的“阮玲玉时代”。

荣誉纷沓而来，财富也与日俱增。

她再也不是那个只会伸手向男友索要生活费的弱小女孩了。如今，她有钱、有地位，令所有人刮目相看。

然而，阮玲玉依旧感到苦闷。

此时的张达民，早就将父亲留下的遗产挥霍一空。每天，他衣来伸手、饭来张口，等着阮玲玉的供养。

阮玲玉在辛苦拍戏的同时，还要倒贴钱财伺候张达民，内心早已疲惫不堪。

1932年，日本侵略上海，“一·二八事变”爆发。影视界人士纷纷南下避难，阮玲玉也被迫带着母亲和张达民逃往香港。

03

乱世中，她遇到了生命里第二个重要的男人——唐季珊。

唐季珊，用现在的话说，是大款，是女明星梦想嫁进去的豪门。他的家族主要经营茶叶生意，是民国最有实力的茶叶出口商。

在一次聚会上，唐季珊对年轻美丽、声名大噪的阮玲玉颇有好感，主动出击。面对唐季珊的富有，张达民的落魄在阮玲玉的眼里越发显得不堪。她移情别恋了，不久便和唐季珊住在了一起。

回上海后，唐季珊为博美人欢心，斥巨资买了一栋三层洋楼金屋藏娇。阮玲玉一度幻想和唐季珊谈婚论嫁。只是纯真的她不知道，唐季珊在老家还有一个原配妻子。

单纯的阮玲玉总是被男人的外表所迷惑，唐季珊的前同居女友张织云专门写信善意地提醒她："你看到我，就可以看到你的明天，唐季珊不是一个好男人。"但阮玲玉仍然不相信。

在信中，张织云还饱含深情地说："玲玉，你我并不熟悉，却是同行，希望你不要走我的老路，你戏演得好，比我有成就，千万要珍惜自己。"

阮玲玉看了，没有感动。她以为张织云是出于忌妒，不怀好意地要破坏她的幸福。

像所有沉浸在甜蜜爱情中的女孩一样，阮玲玉失去了清晰的判断能力和理性的分析能力。她只是很用力、很投入地去爱，期待自己能和良人有个幸福美好的归宿。

可唐季珊，终究不是良人。

他太大男子主义，控制欲强。每当阮玲玉因为拍戏夜归时，唐季珊都会锁着门不让她进家。有一次，天寒地冻，阮玲玉站在门外数小时，哆嗦着抽泣。

她酷爱电影，这是她引以为傲的事业。可唐季珊作为她的伴侣，连她最热衷的工作都不支持、不理解，这样的爱，谈何幸福?

更令阮玲玉失望的是，唐季珊还用情不一，终日徘徊在众多莺莺燕燕中。阮玲玉对他而言，只是一个玩物，一个成功男人身上的耀眼“标签”。

恋爱大过天的阮玲玉无法接受，责问唐季珊为何见异思迁。

唐季珊不屑解释，而是朝阮玲玉拳脚相向。

身体遭受摧残的同时，心灵也备受折磨。

前任张达民因欠一屁股高利贷无力偿还，一直阴魂不散地纠缠阮玲玉。在他眼里，大红大紫的明星阮玲玉就是一棵摇钱树，供自己随心所欲地挥霍钱财。

在《阮玲玉、张达民脱离同居关系约据》中有一款约定：阮玲玉每月给张达民 100 元，以两年为期。

起初，阮玲玉为了维护自己的公众形象，只好答应张达民的无理要求。

女人越是软弱、越是宽容、越是退让，渣男便越会欲壑难填、肆无忌惮。

张达民也不例外。

他早已习惯手心向上的日子。

渐渐地，每月 100 元满足不了张达民的胃口。好吃懒做、奢侈铺张的他很快就将阮玲玉给的钱挥霍一空。

在手头拮据的情况下，他再一次厚颜无耻地狮子大开口。

忍无可忍的阮玲玉心力交瘁。

她无奈地求助唐季珊。

唐季珊也不是省油的灯。他自然不愿意给张达民一分钱，也告诫阮玲玉不能给。

阮玲玉听从了唐季珊的话，从此断了张达民的财路。

04

爱情是双向箭头。关系开始的时候两情相悦，关系结束的时候就是相看两厌。

由爱生恨，由恨生怨。

就是从这一刻起，对阮玲玉怨恨到极点的张达民露出了丑陋嘴脸。他一纸诉状将阮玲玉和唐季珊告上法庭。

在状子里，他诬陷阮玲玉将曾在张家偷的许多值钱东西送给了唐季珊。

这样一来，阮玲玉最为敏感、最不愿被外人所知的身世便暴露无遗。

而在两个男人中间游走的她也遭受了舆论谴责。

一时，这段三角恋闹得满城风雨。

上海的大大小小报纸，为了博取大众眼球，都在绘声绘色地描述这一艳事。

阮玲玉的形象瞬间从神坛跌至谷底。

唐季珊更是勃然大怒，他要阮玲玉登报说明，两人虽是同居关系，但经济独立，从未接受过阮玲玉赠予的东西。

在紧要关头，唐季珊考虑的是自己的名声。

当时，阮玲玉还对这个男人抱有一丝幻想，以为维护了唐季珊的清白，他便会爱她如初。

于是，阮玲玉在媒体上刊登了告示。

可很快，她悲哀地发现，唐季珊本性难移。这个曾经许诺照顾她一生一世的男人，怀里出现了新欢——梁赛珍。

阮玲玉顿时觉得整个世界坍塌了。

张达民的龌龊、唐季珊的薄情，让原本渴望爱情、憧憬幸福的她一下子感受不到人间的温暖。她变得迷惘和无助，父亲的早逝和童年的生活环境，让阮玲玉养成了自卑的心理和懦弱的性格，两个男人对自己先后的背叛，又让她觉得失去了生活的依靠。

终归，阮玲玉不是一个精神独立和人格独立的女性。

纵使她此时早已集万千宠爱于一身，经济也能完全独立，但她仍然觉得没有安全感。再大的成就，也无法弥合她出身用人之女的自卑。

意志消沉之余，阮玲玉遇到了她生命中的最后一个男人——蔡楚生。

蔡楚生是一位传奇导演，被誉为“中国现实主义电影的奠基人”。然而他和阮玲玉相识时，还只是一个名不见经传的新人，尚未拍出有影响力的作品。

所以，当蔡楚生第一次邀请阮玲玉出演自己的电影时，阮玲玉毫不犹豫地拒绝了。

已红透上海滩的阮玲玉，接戏只有两个标准：导演要有名，剧本要能打动她。

彼时的蔡楚生，只是职场小白。

两人就这样擦肩而过。

后来，蔡楚生开拍电影《新女性》时，再次邀请阮玲玉。

阮玲玉被蔡楚生的诚意感动，再翻看了剧本，竟忍不住潸然泪下。

这是一个根据真实事件改编的故事，讲述了中国首位自杀明星艾霞情感不顺、命途多舛的一生。阮玲玉觉得，这个人物根本就是为自己量身定做的，身为女人，她们同样为爱困惑、为爱彷徨、为爱受伤。

为此，在演绎角色的时候，阮玲玉自然流露，全情投入。这部电影也成为她的绝唱。

“我多么想成为这样的一个新女性，能掌握自己命运的新女性，可惜我太软弱了，我没有她坚强。”

深陷诉讼风波的阮玲玉被蔡楚生的敦厚体贴所吸引，在片场上真诚地向他敞开心扉、倾诉烦恼。蔡楚生也竭尽所能地安慰她、劝导她。

两人的心在一步步地靠近，灵魂碰撞，惺惺相惜。

阮玲玉发觉，蔡楚生和她的那两任男友都不一样。他温和、善良、深情，与她有共同的话题，他们能精神交流，默契十足，他才是最值得依靠的避风港。

阮玲玉鼓足勇气问蔡楚生：“你可不可以带我走？我们去香港。”

蔡楚生很惊讶。

他没有想到阮玲玉会青睐自己。

然而，他并没有欣喜。

他，犹豫了。

05

当时的阮玲玉，正处在舆论的风口浪尖上。与张达民、唐季珊的名誉纠纷案，闹得街知巷闻。小报记者的诽谤中伤、恶意侮辱，更是铺天盖地袭来。阮玲玉一下子身败名裂。

她期望逃离。

蔡楚生胆怯了，退缩了。

他有家室、有事业，不能为了一个女人抛弃现有稳定的生活和好不容易打拼出来的天下。何况他们之间，只是暗生情愫，并无实质关系。

而阮玲玉，目光却牢牢锁着蔡楚生，如溺水的人瞧见了一根浮木般殷切、渴望。

她曾对一女友坦言，张达民把她当成摇钱树，唐季珊把她当成专利品，他们都不懂得爱。这两个男人的虚情假意，她似乎已看得清清楚楚，只是为着一份还算平静的家庭生活，她委曲求全地苟安着。

遇见蔡楚生，她满怀期待。

蔡楚生也深知，阮玲玉在表面上虽是一个有说有笑的人，事实上却是一个深沉的人，她从不愿多谈她自己的事情。因此，只有了解她的人，才知道隐藏在她笑声后的内心的忧惶、矛盾与苦痛！

不可否认，蔡楚生将阮玲玉看得很透。

他确实懂她。

可这个懂她的人，并没有为她做些什么。

蔡楚生幽幽地望着阮玲玉，闪烁其词："去了还是要回来的。"

阮玲玉残留的一丝幻想，最终破灭。

1935 年 3 月 7 日晚，这是一个悲伤的深夜。

阮玲玉参加完舞会回家。

临走前，阮玲玉一反常态，笑着闹着，吻遍了在场的所有女明星，说："我要走了，天下没有不散的宴席，好姐妹，再见吧。"

没有任何一个人看出不妥。

大家都以为阮玲玉只是喝醉了。

其实，她没醉。

她很清醒。

3 月 8 日凌晨，阮玲玉和唐季珊爆发了激烈的争吵后，吞安眠药自杀。

而这一天，原本是庭审的日子。

"在自杀的刹那间，心情是万分复杂的，我想摆脱痛苦，可是反而增加了痛苦，有很多人的脸孔出现在眼前，其中有你最亲爱的人，也有你最憎恨的人，每当一片安眠药吞下去的时候，都会有一种新的想法涌上心头……"

名满天下的阮玲玉，终究太珍惜自己的名誉，太爱惜自己的羽毛。她不堪众辱，她有自己的尊严和骄傲。

她活在别人的眼光和口舌中。

她常常会问周围的人："我是不是一个好人？"

阮玲玉想不通，为什么好人的一生，没有好的结局。

外界的流言蜚语，悠悠众口，让她沉溺在痛苦的旋涡中难以自拔。

张达民的厚颜无耻，唐季珊的始乱终弃，蔡楚生的懦弱无力，男人的背叛，感情的绝望，让她生无可恋，心如死灰。

最初，导演卜万苍就是看中了她的悲剧气质：“她的悲伤好像饱蘸了水的毛巾，一碰就出来了，一挤就会倾盆而下，是一个很有前途的悲剧演员。”

可惜，事业的顺遂，未能弥补她在爱情上遭受的挫折。

发现阮玲玉自杀的唐季珊，为了保全自己的名声，没有在第一时间内将她送往最近的医院救治，而是第二天上午才把她带到医院，使她错失了最佳治疗时间。

结果，一代佳人阮玲玉香消玉殒，生命永远定格在 25 岁。

06

不久前，我在某个微信公众号上看到一则标题《那些爱情大于天的女人，现在都死成什么样子》的文章时，突然有种寂寂的悲哀，脑海浮现的第一个名字就是阮玲玉，接着是“俏黄蓉”翁美玲。

这些在事业处于巅峰期就匆匆结束自己年轻、美好生命的女人，让人扼腕叹息。有人说，她们有坚强与懦弱并存于一身的两种性格。坚强，体现在她们有着独立女性的觉醒意识，面对生活压力能够自食其力、实现自身的价值。而她们的懦弱，一方面来自其本身固有的性格缺陷和社会地位，另一方面来自恃强凌弱的社会环境。

诚如阮玲玉，有着精湛的演技，拿着高额的片酬，完全具备谋生的本领和让自己衣食无忧的本事。但是，她还是没有强大的内心和坚忍的意志来主宰自己的爱情和掌控自己的命运。她遇人不淑，在情感遭受背叛和打击时，没有抽身离开的决绝和勇敢。她只是抱有幻想，将希望一味地寄托在男人身上。

最终幻想破灭，希望落空，徒留一丝叹息。

不可否认的是，阮玲玉虽然在电影行业摸爬滚打，但内心仍然是个天真的少女，在情感上的柔弱和对男性的依赖，一定程度上导致了其令人扼腕的命运结局。

爱人的前提，永远是沉稳自爱。

可阮玲玉，一生都在乞讨爱，一生都在遭遇各种欺骗和背叛，或许正是这份懦弱和抑郁造就了她的悲剧人生。

她温厚柔顺、哀而不怨，即便尊严被践踏，也想不到要勇敢地站出来争一争、辩一辩。她无法独自抵挡恶意的攻击，甚至喊不出《新女性》中的那一句“我要活”。

梁赛珍在为阮玲玉写的悼文中说：“吾辈不幸而生此恶浊之世，尤不幸而生为柔弱之女子。”

尘世荒寒，人心薄凉，“没有任何人会成为你以为的、今生今世的避风港，只有你自己，才是自己最后的庇护所”。

可惜，处在那个年代的阮玲玉，始终无法参透这一生命真相。

07

阮玲玉出殡那天，整个上海滩万人空巷。美国《纽约时报》记者惊呼：“这是世界上最伟大的哀礼！”

当年著名娱记陈嘉震也高度评价阮玲玉：“东方影坛上的永久奇迹……一个电影女演员最大的厄运是青春的消逝，然而以艺术来吸引观众的阮玲玉女士始终没有一些影响，这和以色相而作号召的女演员显然的不同……青春消逝和不消逝对她没多大的关系的，她是永远永远这样的……”

可躺在灵车上的阮玲玉，再也无法目睹自己的风华绝代了。

后世说起阮玲玉，都会不由自主地想起那深入人心的四个字“人言可畏”。但据考证，她留下的“人言可畏”的遗书，是唐季珊找人炮制的。

真正的两封遗书，在梁赛珍良心发现后，交了出来。

信中，阮玲玉揭露了张达民和唐季珊的丑恶嘴脸，直言是他们的可恶行径，将自己逼上了绝路。

这两人后来也不得善终。

张达民，在阮玲玉离世后，饱受舆论指责，惶惶不可终日，最终客死异乡。

唐季珊破产失意，生活潦倒，晚景凄凉，惨死街头。

蔡楚生，在阮玲玉去世后22年，写了长文《追忆阮玲玉》，开篇就将阮玲玉最忌讳的女佣之女身份公之于世，辜负了阮玲玉的一片信任。

说到底，阮玲玉所遇到的这三个男人，都不是高贵的伴侣、可靠的良配，他们都在阮玲玉的生前身后消费着她。

所以，女人何必苦困于情?

当你有颜、有钱、有自给自足的幸福时，爱情只不过是锦上添花的事。

优秀如阮玲玉，若当初将自己的生命格局放大，不依赖、不眷恋，自立自强，又何惧爱情消逝，人言可畏?

香奈儿女士有句名言振聋发聩：

“我的生活不曾取悦我，所以我创造了自己的生活。与其在意别人的背弃和不善，不如经营自己的尊严和美好。”

如果阮玲玉也有这种打不败、击不垮的信念，那或许会在中国电影史上贡献更多的杰作。

斯人已去。

如今我们只能从仅存的几部黑白影片上捕捉她曾经的绰约风姿，怀念那个绝世名伶的刹那芳华。

陈洁如 | 真正的爱情，是在无法爱的时候，懂得放手

在婚姻里，妥协不是认输，而是认清生活本质后的智慧和豁达；原谅不是懦弱，而是读懂生活内涵后的勇敢和慈悲。

01

我的一个大学同学，曾是名震八方的校花。

当年，青睐她的男生数不胜数。

让人大跌眼镜的是，毕业后，她选择了一个其貌不扬、没钱没房的男人。

问她原因，她浅笑嫣然：“他对我真好。”

岁月是把杀猪刀。

再次见她，已是十年后。

昔日青涩恬淡的校花早已没有了那份风采，而是一脸狰狞、戾气冲天、负能量爆棚。

我惊讶时光的残忍，将如此美好的一个人变得面目全非。

通过交谈，我们得知，当初她选择的那个对她好的男人，在依靠她打出一片天下后，就移情别恋、公然出轨。如今和第三者打得火热，全然不顾她的感受。

校花望着我们，哭诉道："图什么都行，就是不能图他的好。图钱、图房、图车，这些都不会变，可所谓的好，是会随时随地变的。"

"为什么不离婚？"我们不明白。

"我为什么要离？"校花又恢复了凶悍的样子，"谁愿意将这么多年辛苦经营的一切拱手相让？我就是要拖，拖到大家都走不动为止。"

我唏嘘感叹，每个女人都曾是一朵妖娆的花，绽放在最美好的年华里。可是，不幸的婚姻，活生生地将一个柔情似水的女人变得哀怨和彷徨。

你看到的所谓对生活失去希望的怨妇，背后都是向生活无奈的妥协和言不由衷。

民国时期，有一位女子，也是觉得丈夫对自己真的很好，从而无怨无悔地陪伴在丈夫身边 7 年。7 年后，丈夫抛弃了她。

在失去幸福的婚姻和昔日的风光后，她最终选择了隐忍和放手，至死不嫁他人。

"当看尽潮起潮落，只要你记得我。"

她，就是蒋介石的第三任妻子陈洁如。

02

有人说陈洁如是蒋介石一生的挚爱，而宋美龄是蒋介石想要安定下来的最终归宿。一谈及陈洁如，连驰骋政坛的宋美龄都难掩妒意。可见，陈洁如在蒋介石的心中有着非比寻常的地位。

第一次邂逅陈洁如，蒋介石已是而立之年，拥有毛福梅和姚冶诚这两个妻妾。

毛福梅是缠足的旧式妇女，长相平庸，比蒋介石大 4 岁。她和蒋介石的结合，是经父母之命包办的婚姻，毫无感情可言。姚冶诚是蒋介石流连于风月场所时认识的烟花女子，救过蒋介石一命。为了报恩，蒋介石将她从青楼赎了出来，并娶回了家。

陈洁如的出现，犹如一颗美丽的石子投入蒋介石的心湖中，泛起阵阵涟漪。

彼时的陈洁如，年仅 13 岁，还是一名在校的学生。她的好友朱逸民是被孙中山称为“革命圣人”、被蒋介石称为“革命导师”的张静江的续弦夫人。

某日，陈洁如像往常一样去探望好友。

命运的安排很神奇，或许，她怎么也不会料到，这一天，和某个人的一场相遇，将彻底改变自己的一生。

张静江的家中，正好有贵宾做客。

年少无知的陈洁如并不知道站在她面前的，正是大名鼎鼎的孙中山、蒋介石、戴季陶。

而蒋介石却在那惊鸿一瞥中，怦然心动。

豆蔻年华的陈洁如带有学生特有的清纯气质，娴静羞涩，一下子拨动了蒋介石内心最深处的柔情。

那时的蒋介石，已是孙中山器重的国民党骨干，在党国崭露头角，有权有势。他经过大风大浪，目睹的女人数不胜数，可从来没有一个女子像陈洁如那样，如水中的风荷，亭亭玉立，清雅于尘。

“纯洁无瑕，如同未受世间污染。”这是蒋介石对眼前这位脱俗的女学生的第一印象。

陈洁如，本名陈凤，父亲是经营纸业的商人，家境优越，自幼受过良好的教育。更令人赞赏的是，陈洁如还能说一口流利的俄语。这让蒋介石倾心不已，对她展开了热烈的追求。

对这位炙热的追求者，陈洁如并不感兴趣。大家闺秀的矜持，让她保持着清醒和理智的头脑。

当蒋介石询问她的住处时，陈洁如俏皮地说错了地址，以为这样就可以摆脱恼人的纠缠。

蒋介石岂是平庸之辈？不达目的誓不罢休是他一贯的做人原则。

所以，当蒋介石凭借手段找到陈洁如的家时，陈洁如颇感惊讶。

她低估了一个男人的心机。

当一个男人认定自己喜欢的对象时，是会不顾一切疯狂追求的，哪怕上刀山、下火海，也在所不惜。

这次，有远大志向、做事严谨的蒋介石心猿意马了。他冥冥中觉得，陈洁如是上苍赐予的珍贵礼物，是他此生的真爱，他要全力以赴得到。

03

从陈洁如最初的躲避、犹豫、不知所措到最后的接受，蒋介石用了2年时间。

其中，最大的阻力来自陈洁如的母亲。

陈母秉着负责任的态度，对蒋介石进行了背景调查，发现蒋介石不仅年纪比女儿大了许多，且有一妻一妾，这是陈母万万不能接受的。

于是，她旗帜鲜明地拒绝了蒋介石的求婚。

蒋介石没有沮丧。

他通过张静江和孙中山的关系，继续殷切地向陈母表示有意明媒正娶陈洁如，声称自己已经与原配及侍妾脱离关系，还向陈洁如许下海誓山盟——“我定将用我的鲜血，为你写下一张永爱不休的誓书”，承诺“你将是我独一无二的合法妻子”。

当初有多浪漫，后来就有多惆怅。

年少的陈洁如，或许不会想到人生最终会是另一番况味。

她只是在当时被蒋介石真挚的诺言感动得一塌糊涂，期待“执子之手，与子偕老”。

强烈感受到蒋介石的决心和陈洁如的动心，通情达理的陈母答应了这门婚事。

为了让女儿风风光光地出嫁，陈母要求蒋家按照礼仪举办婚礼。

他们的婚礼是中西式结合的。蒋介石送给陈洁如的礼物是一张明信片大小的柯达照相机，陈洁如送给他的是一只Waltham牌金质怀表，带有金链。陈洁如没有穿白缎或红缎的中式服装，而穿了镶金银花的淡粉色结婚礼服，头上戴着珍珠头饰。蒋介石穿一身深蓝色长袍，外罩黑缎马褂。宽敞的婚礼大厅里挂着镶有彩龙的大幅红绸喜幛，显得喜气洋洋。大厅入口处横悬着四盏很大的红灯笼，大厅屋顶上也悬垂着很多大型的绘花纱灯，而屋顶中央还有一盏色彩绚丽的装饰用“翠鸟”大吊灯。厅内到处摆设着鲜花和绿色的棕榈。

陈洁如对这场盛大的婚礼久久无法忘怀。

也就是从那一天起，她不再叫陈凤。

蒋介石为她取了一个美丽的名字——洁如。

一如初见时的惊艳。

从此，陈洁如成了蒋氏家族的一份子。

这也意味着她要融入那个大家庭里，处理复杂的人际关系。

知书达理、温婉贤淑的陈洁如将家里打理得井井有条。她尊敬蒋介石的发妻毛福梅，每次见到这个被蒋介石嫌弃的妇人时，都彬彬有礼，不挑衅、不轻视，待她如同姐妹。

对毛福梅生的儿子蒋经国，陈洁如疼爱有加，经常买礼物赠送给他。蒋经国到上海后，陈洁如更是义不容辞地担负起监护蒋经国的责任，视若己出。

人心都是肉长的。

陈洁如的善良、温柔让 11 岁的蒋经国渐渐地放下了戒心，消除了隔膜。不久，他就亲切地喊她为“上海姆妈”。

这份温情，维系了整整一生。

可以说，陈洁如得到了蒋家人的认可。

她与蒋介石的婚姻也幸福美满。

蒋介石曾对陈洁如说，这一生许了三个愿望：一是娶陈洁如为妻；二是要赢得孙中山的信任，成为他的继承人；三是要成为中国唯一的军事领导人，并且要将全中国统一于一个中央政府之下。

蒋介石志向高远，野心勃勃。

04

为了支持蒋介石，陈洁如不做等闲之辈，买了很多书开始研读革命以及国民党各方面的情形，不久便能和蒋介石谈论国事、指点江山。

1924 年，蒋介石担任黄埔军校校长。陈洁如正式以“校长夫人”的名义随蒋介石出入社交场合，帮助他翻译、应酬，替他处理函件往来，全力辅佐他参加革命，是他最得力的助手。

“下午，携洁如赴汕头船次，为情魔缠绊，怜耶、恼耶。”

“因洁如事而发怔移”“因洁如事而痴想良久”“因洁如晚归而心躁不安”。

“我最亲爱的妻：我于今天中午到达满洲里，我必须说我十分想念你。我高兴看到这座小城。我很惊异地发现那只是一狭长的路段，没有值勤卫兵守卫，凡人均可自由越境进出。请不要为我担心。我很愉快，正期待学习很多东西。我一天从早至午至夜，都在想念你。”

喜欢用文字记录情感生活的蒋介石在字里行间处处表露出对陈洁如的爱意。

那段时光，或许是陈洁如此生最温馨、最眷恋的回忆。

那时，她对蒋介石充满了信心，对两人的感情也自信满满。

但有人说，爱情的残忍之处就在于它的未知性，你以为它是可以走一辈子的，没想到彼此却在半路就分开了。

随后几年，蒋介石的仕途步步高升，很快就坐到了国民革命军总司令的位置。与此同时，他对权力的欲望也在日渐膨胀。

野心大了，爱情就微不足道了。

陈洁如做梦都没有想到，自己和蒋介石的婚姻，终究熬不过七年之痒。

1927 年，蒋介石发动“四·一二”反革命政变。为了登上中国政治权力的巅峰，蒋介石决定与宋美龄进行政治联姻，以换取宋氏家族的财力支持。

宋美龄出身高贵，家世显赫，大哥宋子文、大姐夫孔祥熙、二姐夫孙中山，都是蒋介石极力想拉拢的人物。

当时，宋美龄的母亲以基督徒只能有一个伴侣为由，拒绝了蒋介石。蒋介石为达目的，只好遣走一妻二妾。

毛福梅和姚冶诚对蒋介石来说，只是生命中的过客，他与她们并无过多的爱意，于是她们被很轻易地就打发走了。

倒是陈洁如，这个他曾经苦苦追求、与他有过 7 年深厚感情的女子，让他一度狠不下心来。

可权力就在前方招手，蒋介石怎能就此放弃？

蒋介石去意已决。

为了安抚陈洁如，他信誓旦旦地保证：“给我 5 年时间，你去美国进修。5 年之后，我定恢复与你的夫妻关系，否则天打雷劈，放逐海外，永不回来！”

话语娓娓道来，让分手变得也如一场辩论赛，有理有据，进退有度。

可是被留下的陈洁如一脸茫然、仓皇失措，无法接受这个现实。

05

在很长的一段时间里，陈洁如都对蒋介石突然宣布的分手消息难以释怀。她很清醒地意识到，蒋介石的这个承诺是空头支票。

5 年，人的一生有多少个 5 年？

15 岁嫁给蒋介石，拥有幸福风光的 7 年婚姻生活；22 岁，正值青春的大好年华，却从此要孑然一身、心似枯井。

陈洁如有太多的不甘、不忿和不舍！

爱是牺牲，也是成全。

陈洁如被迫远赴重洋。

开往太平洋的邮轮上正播报着《蒋中正启事》：“各同志对于中正家事，多有来函质疑者，因未及启蒙复，特此奉告如下——民国十年，原配毛氏与中正正式离婚。其他两氏，本无婚约，现在与中正脱离关系。现除家有二子孙，并无妻女。惟传闻失实，易滋淆惑，特此奉复。”

虽早有心理准备，但听到这则消息时，陈洁如还是抑制不住抽泣。

一句“本无婚约，脱离关系”，就轻易抹杀了她人生中的所有一切。身份、地位、荣誉、婚姻……全都烟消云散。

当初是蒋介石一见钟情、疯狂追求，陈洁如并没有放下身段委曲求全，而是伴随誓言、盛装风光大嫁，幸福地走向生命里那个对的人，遇见青春里最美好的爱情。

如今，原以为要牵手一生的人，却走着走着，散了。

当初的海誓山盟，到头来只是美丽的谎言。

陈洁如越想越伤心，越想越绝望，凝视一望无际的大海，心想，如果纵身一跳，是否全部的烦恼都随之无影无踪？

轻生的念头几度萌发，但她最终还是没有迈出那一步。

或许，在陈洁如的心里，依然残存着那一份希望：5年后，还能与爱人相见相伴。

希望是渺茫的，可总比没有强。

依靠这种信念，陈洁如擦干眼泪，在美国安定了下来。

在陌生的国度里，陈洁如心如止水地生活，研读英文、养蜂、学园艺，日子过得平淡、安稳。只是在某些夜深人静的时候，她会回望那段集宠爱与风光于一身的婚姻生活，潸然泪下。

5年后，陈洁如获得哥伦比亚大学教育学院硕士学位。

她决定回国，去赴那个“5年之约”。

蒋介石会再续前缘还是置之不理？

陈洁如的内心已经有了答案。可是，她还是怀抱一丝希望，写信给蒋介石。

此时的蒋介石，已沉浸在赤裸裸的现实欲望中，早就将誓言抛诸脑后。

他没有回信，只是每月汇给她5万元，以作生活开支。

复婚一事，再未提及。

陈洁如痛彻心扉。

她高估了他们的感情。

她沉浸在幻梦中无法自拔，臆想这份爱情的纯洁与美好。可蒋介石在意的永远是自己的利益。

大部分男人是很现实、很理性的生物，尤其是在作抉择的时候，占据上风的从来都是现实，而不是女人所在意的虚幻的感情问题。

女人，可以为爱放弃所有。男人，可以为了利益割舍一切。

没有对错之分，只是各自所需不同。

06

上海的黄浦江曾是陈洁如最爱的地方。

她最美丽的青春、最美好的爱情，都留在了这里。

如今归来，物是人非。此去经年，上海，早已没有了她的位置。

“原来你曾经坚定不移深信的，心无旁骛执着的，一下子变成了一场笑话。原来他早就策划着这场叛逃，在你还一往而情深的时候。”

此后，陈洁如深居简出，不问世事。

日寇占领上海时，陈洁如在专人的安排下，辗转到了战时陪都重庆。

有野史称，在重庆时，蒋介石难以忘怀陈洁如，经常去公馆探望她。两人旧情复燃，藕断丝连。

宋美龄得知后，醋意大发，大动肝火，痛打了蒋介石一顿。

之后，陈洁如与蒋介石的关系不了了之。

事情是真是假，难以分辨。

我们只知道，自从 22 岁离开蒋介石后，陈洁如始终孑然一身，终生未嫁。

她似乎在用执念告诉自己，也告诉蒋介石，这辈子，她只忠于一份感情。

从 13 岁起，蒋介石莽撞地闯进她的生命，直到 65 岁终老，这个男人在她的心中，未曾真正离开。

她矢志不渝地爱他。

可这份爱，没有回报。

有的只是千疮百孔的伤痛和苍凉的孤寂。

晚年，陈洁如在香港隐姓埋名地生活。没有人知道她真正的身份，也没有人了解她曾经的风光。

她像一个普通的老妪，用喝茶、打牌打发时光。

关于她的传闻，外界猜测颇多。

为以正视听，陈洁如曾口述，找人代笔写了一本回忆录，里面披露了许多关于蒋介石的隐私。

恐有损声誉，蒋氏家族千方百计阻挠书稿面世。直到蒋氏父子去世后，这部回忆录才得以出版。

在书中，陈洁如说，自己只是一个平凡的女人，只想过平凡的生活，对另一半没有过高的要求，没什么野心，只希望两个人相濡以沫走完一生。

如果当初陈洁如嫁的是一个普通的男人，或许，这辈子她会很平淡、很幸福。

可她偏偏嫁的是蒋介石。

这个在中国历史上野心勃勃、叱咤风云、不可一世的男人。

这样的男人，需要一个势均力敌、旗鼓相当的女人并肩战斗。

宋美龄，才是最适合蒋介石的伴侣。

而陈洁如，她的眼界与格局，都无法真正与蒋介石匹配。

07

“这是一个可怜的女人，天真的脚步跟不上男人变心的翅膀。一个志向远大、非池中之物的男人不是这个小女人所能把控的。”

在权力与野心面前，陈洁如注定是被牺牲的那一个。

其实，与其纠结一个男人到底爱谁，倒不如问，现实和爱情，他会作何抉择？

毋庸置疑。

绝大部分男人会选择现实。

有调查显示，当爱情遇到阻碍时，女人往往更愿意为爱情而放弃一些东西，男人却很容易因为一些阻碍而放弃爱情。

女人谈爱，男人谈需求。

宋美龄能助蒋介石一臂之力，给予他陈洁如根本给不了的东西。

出于人性的本能，他选择了宋美龄，抛弃了陈洁如。

蒋介石爱的，是自己，而不是虚幻的爱情。

当年初遇蒋介石，陈洁如曾悄悄问朱逸民："蒋介石是好人还是坏人？"

朱逸民的回答耐人寻味："男人没有好坏，只有强弱。而蒋介石算得上强人。"

强人蒋介石在与陈洁如结合后，平步青云，权倾一时。陈洁如也成为民国时期最有权势之人的夫人。

可那段人生的高潮，只有短短的7年时间。

蒋介石曾在晚年时写信给陈洁如，惆怅、愧疚、惦念，诸多情感油然而生："往昔风雨同舟的日子里，所受照拂，未尝须臾去怀。"

陈洁如看后，也许百感交集吧。

临终前，她在给蒋介石的一封信中道出了心中长期的积郁："30多年来，我的委屈，惟君知之，然而为了保持君等国家荣誉，我一直忍受着最大的自我牺牲……"

是的，她的内心有太多的委屈。

这么多年来，无论日子过得多么艰难，她都吞下这份委屈，不向外人透露半句。在美国、在香港，她拒绝了所有媒体的访问，不曾说过蒋介石的一句不是。

记得有一句电影台词说："真正的爱情，是在能爱的时候懂得珍惜，在无法爱的时候懂得放手。"

陈洁如做到了。她不争、不抢、不怨、不恨，她的余生，弥漫了怀念、回忆、委屈、沉默……

1971 年 2 月 21 日，陈洁如在香港一处普通公寓中风去世，多日后，才被人发现。

她该是个让人心疼的女子，绚烂过，绽放过，落寞过，神伤过，走过了人生最繁华的时光，经历了人生最苍凉的风景，回首这一生，平静又沧桑。

张幼仪 | 离婚是一场自救，让你重寻真正的自己

这世上，谁都不是谁的救世主，唯有自己救自己。

01

我有一位女上司，做事雷厉风行，果断干练，深受下属爱戴。我们一直以为她的家庭很幸福，因为她有一个温柔体贴的丈夫和一个活泼可爱的儿子。

可是，有一次闲聊，女上司和我们说起她的过去，我们才知道，这个女人背后竟有如此曲折的故事。

26 岁研究生毕业后，她嫁给了富二代同学。身处豪门，她看似

养尊处优，实际并不幸福，每天活得战战兢兢，生怕行差踏错。

很快，丈夫风流，终日流连在花丛中。

她忍无可忍，抗争无效，被动离婚。

独自一人带着儿子，生活突然变得很艰难。

但最终，她咬咬牙挺了过来。

“离婚，让我在一夜之间真正长大。”女上司说，她迅速斩断过去，坚强面对残酷的现实，先是将儿子送去托管，再找了一份工作，全身心地投入，仅仅 3 年，她就从基层晋升到管理层。有钱做保障，什么都不怕。女上司活得有底气和勇敢，随后，也得到了好男人的认可，收获了一份爱情。

谈论往事，女上司流露出云淡风轻的表情。

这让我想起了张幼仪。

在民国众多女子里，我相信，张幼仪不是最瞩目的那一个。在与诗人徐志摩有过情感纠葛的三个女人中，我同样相信，张幼仪不是他最心仪的那一个。

读中学时，一部以徐志摩恋情为主线的电视剧《人间四月天》风靡全国。那时，我对刘若英扮演的张幼仪十分不喜欢，觉得她的扮相土气、丑陋至极，与灵气逼人的林徽因和妩媚妖娆的陆小曼无法比。

年少的我曾以为，现实中的张幼仪就是影视剧里塑造的那样，老气横秋、目不识丁，像旧社会缠脚的封建女性，只会在夫家夹着尾巴做人，低眉顺眼，唯唯诺诺，过着失去自我、毫无主见的人生。

02

多年后，当我读过许多书，见过许多人，经历许多事，拓宽了眼界，开阔了心胸，重新审视张幼仪，我才发现，我对这名女子有着太多的误解。

误解一：张幼仪与徐志摩的婚姻不是门当户对。

我一直以为，在张幼仪与徐志摩的这段婚姻中，是张幼仪高攀了徐志摩。因为在他们所生活的那个民国时代，徐志摩年轻有为、才华横溢，是闻名全国的大诗人。他的一首《再别康桥》，更是赢得了无数少女的心。而张幼仪，平凡普通，既没有林徽因的才情，也没有陆小曼的美貌，只是亦步亦趋地跟在徐志摩的身后，察言观色，战战兢兢。

影视剧中，我印象最深的一个场景是，徐志摩悠闲地躺在长藤椅上看书，时而被书里的内容逗得扑哧一笑，时而沉下心来静听院子里鸟儿快乐的鸣叫声。一旁的张幼仪，仿佛是一个多余的存在。她坐在角落里，沉默地缝缝补补或是烧水烹茶，期盼徐志摩能给她一个关爱的眼神，或是说上一两句温馨的话语。可是，希望越大，失望也越大。由始至终，徐志摩都没有正眼瞧过她，更吝啬言语。张幼仪徒留尴尬和寂寞。

这一幕让我心酸，这根本就不是一对正常夫妻应有的生活状态。婚姻中的两个当事人，缺乏心灵的交流和精神上的沟通，内心应该都是无比孤独的。

在徐志摩看来，张幼仪土得掉渣。据徐家用人转述，徐志摩第一眼看到张幼仪的照片，就一脸的嫌弃与厌恶，对她的容貌和气质极端不满意。那时还未过门的张幼仪，其实已遭到了徐志摩骨子里的鄙弃。

长大后，当我翻阅张幼仪的资料、看到书中的照片时，我意外地发现，这个女子并不难看。时人评价她："其人线条甚美，雅爱淡妆，沉默寡言，举止端庄，秀外慧中。"

而且，张幼仪并非小户人家出身的贫寒女子，而是出自名门的大家闺秀，家境殷实、显赫。在物质上，和徐志摩门当户对，甚至家庭背景比徐志摩的还要显耀。

张幼仪的祖父为清朝知县，父亲是当时上海宝山县巨富。二哥张君劢是中国现代史上颇有影响力的政治家和哲学家、民社党创立者。四哥张嘉璈曾任中国银行总裁，是"政学系"重要人物。徐家当时已是江南富商，之所以和张家联姻，看中的就是张家强大的政治、经济地位。

"我徐申如，有幸以张嘉璈之妹为媳。"在回复张嘉璈的信笺上，徐志摩的父亲简短有力地写道。由此看出，徐父对这个婚姻是甚为满意的。

父母之命，媒妁之言。虽然接受新思潮的洗礼，但徐志摩的思想依然传统保守。他遵循家长的愿望，娶了一个自己不爱的女人，与其生儿育女，传宗接代。

可生性拘谨内向的张幼仪，婚后始终没有和徐志摩培养起深厚的感情。

徐志摩说："我将于茫茫人海中访我唯一灵魂之伴侣；得之，我幸；不得，我命；如此而已。"

灵魂伴侣，多么高的要求！显然，只有清丽脱俗、气质如兰的林徽因和艳光四射、才高八斗的陆小曼才能走进徐志摩的内心世界。呆板无趣的张幼仪入不了浪漫多情的徐志摩的法眼。这并非张幼仪的错，一个人再好、再优秀，也不见得所有人都会喜欢。

张幼仪与徐志摩，注定没有互相吸引。

03

误解二：张幼仪是不识字、不出门的小脚妇女。

风度翩翩的徐志摩是梁启超的得意门生。当年，他凭借一手好文章得到了张嘉璈的青睐。后来，徐志摩远渡重洋，去美国克拉克大学读书，又转入哥伦比亚大学，接着到英国伦敦剑桥大学念书。在剑桥，他写下了“轻轻的，我走了，正如我轻轻的来”这样经典的诗作。

彼时的张幼仪，正在婆家做着旧时代女性该做的事情，操持家务，照顾公婆。

“在乡下地方，女人是不准跨出合院一步的。”

“除了整天和老太太坐在一起之外，我无所事事。”

“听老爷大声朗读徐志摩家书的时候，我好羡慕我丈夫的自由自在。”

当白发苍苍的张幼仪追忆起 15 岁后的人生时，我想，她是寂寞的。

席慕蓉曾写：原来只有你孤身一人，独自背负着寂寞。

婚后的张幼仪不受徐志摩的待见，丝毫体会不到幸福。“除了履行最基本的婚姻义务之外，对我不理不睬。就连履行婚姻义务这种事，他也只是遵从父母抱孙子的愿望罢了。”

结婚 4 年，张幼仪与徐志摩共处的时间加起来大概只有 4 个月。

无疑，张幼仪是失落的。她无法与有学识的徐志摩琴瑟和鸣、举案齐眉。那时单纯的她还不知道徐志摩正在英国疯狂地追求才女林徽因，早就将她置之度外、抛诸脑后。她只是像一株安静的百合花，默默地绽放，耐心地等待学成归来的徐志摩。

然而，张幼仪的内心无比渴望学习。“你能想象你15岁就结婚，从此不再学东西、不再求新知的情形吗？我后来当上上海女子商业储蓄银行副总裁的时候，在办公室聘了一位私人教师，就是因为我觉得自己懂的事情是这么的少。要一个人在15岁的时候就终止学习是很难的。”

晚年时，张幼仪向侄孙女说到学习的重要性。她并不是不学无术、目不识丁的庸俗女子。

12岁的张幼仪曾在江苏省立第二女子师范学校读书。该校重视女子教育，张幼仪在此受到了良好的熏陶。虽然3年后，尚未结业的张幼仪就被接回家成亲了，但纵观她的一生，她一直没有放弃读书，没有放弃自我的成长。

婚后，张幼仪曾写信给学校，希望能完成中断的学业。但她终日料理家务、养育孩子、照顾公婆，沉浸在一地鸡毛的琐碎婚姻中，使得她读书的愿望成为泡影。

离异后，张幼仪在柏林发愤图强，刻苦学习德文，并进入裴斯塔洛齐学院，专攻幼儿教育，完成了在15岁即中断的学业。

回国后，说得一口标准流利德语的她在东吴大学当老师。

晚年，张幼仪依然为自己没能到“像丈夫所爱的女人读的那种一流学校上学”而耿耿于怀。从这可以看出，张幼仪骨子里渴望接受高等教育，希望通过读书改变自身、改变命运。

或许是一直以来都遭到徐志摩的鄙夷与轻视，在张幼仪的内心深处，她是希望像林徽因、陆小曼那样，才华横溢，知书达理，能和徐志摩有共同的话题，能进行精神交流。所以，她迫切需要通过读书来证明自己的价值，证明自己并非徐志摩认为的那般无知浅薄。

“对于我丈夫来说，我两只脚可以说是缠过的，因为他认为我思想守旧，又没有读过什么书。”

有评论曾经分析，徐志摩嫌弃张幼仪土气，应该不是从出身、地位等现实条件来说的，而是一个受西方教育和现代思潮影响的年轻人，对没有见识、没有自我的传统女性的不认同感。

实际上，张幼仪没有旧中国女性的畸形小脚，她只是被徐志摩先入为主地以为她缠上了“思想的裹脚布”。

04

误解三：张幼仪笼罩在徐志摩的光环下，失去自我，活得卑微。

深爱一个人，大概会患得患失，尤其当这份爱得不到回应的时候，更忐忑不安。婚后的张幼仪，因为徐志摩的轻视和冷漠，变得异常自卑。她用一个“怕”字形容当时的心态。什么都怕，怕离婚，怕做错事情，怕得不到丈夫的宠爱。

为此，张幼仪设法用小技巧讨好公婆，却无法取悦丈夫。

刚结婚几个星期，徐志摩就离家求学。夫妇之间缺少近距离的相处和深层次的交流，这无疑不利于新婚夫妻感情的培养。

害怕和在乎徐志摩，让张幼仪低到尘埃里去，更让徐志摩肆无忌惮地伤害这个善良、朴实的女子。

当二哥提醒张幼仪要去西方和徐志摩团聚时，张幼仪只是一脸的诧异，她以为她的责任就是和公婆待在一起，她从不敢奢求徐志摩的关爱。那个时候，徐志摩已经在国外求学多年，他压根就没有将张幼仪接出去同住的念头。

后来，还是在二哥的帮助下，婆家将张幼仪送出了国。

怀着雀跃的心情，张幼仪登上了开往欧洲的轮船。一路上，她都在不安地琢磨着，徐志摩见到她后，会是怎样的反应。

“徐志摩站在东张西望的人群里，穿着一件瘦长的黑色毛大衣，脖子上围了条白丝巾。虽然我从没看过他穿西装的样子，可是我知道那是他，他的态度我一眼就能看得出来，不会搞错的，因为他是那些接船的人当中唯一一个满脸写着不想到那儿的表情的人。我们已经很久没在一起了，久到我差点儿忘了他一向是那样正眼也不瞧我一下的，将眼光直接掠过我，好像我不存在似的。”

张幼仪的心顿时凉了一大截，原有的期待和欢喜随之烟消云散。

小心翼翼地跟着徐志摩回到住所，同一屋檐下，张幼仪却感受不到夫妻间的温情。徐志摩总是鄙夷地说道：“你懂什么？”“你能说什么？”

那时的张幼仪在林徽因的强烈对比下，确实什么都不懂，不会英文，不会与徐志摩的朋友侃侃而谈时政、文学，只会足不出户，辛苦地料理三餐。

“我来英国本来是要夫唱妇随、学些西方学问的，没想到做的尽是清洁房子、洗衣服、买吃的和煮东西这些事，像家乡的用人一样。”

即便如此操劳，她也得不到徐志摩的认同。学问和观念上的落差、趣味上的分歧，让徐志摩越发觉得张幼仪索然乏味。他将全部心思放在了林徽因的身上，并向怀有身孕的张幼仪提出离婚。

于是就有了那段在外人眼里看来残忍至极的对话。

张幼仪说：“我听说有人因为打胎死掉了。”

徐志摩冷冰冰地答道：“还有人因为火车事故死掉呢，你看到人家不坐火车了吗？”

“可是我要去哪里打胎？”

“你会找到地方的，这种事在西方是家常便饭。”

爱你，他是暖的；不爱你，他就是冷的。

张幼仪做梦都想不到，这个男人口中会说出这样绝情的话。

张幼仪的遭遇，和我的一个朋友极为相似。

朋友说，丈夫其实本质不坏，孝顺父母，关爱兄弟，在家族里口碑极好，可偏偏脾气暴躁，经常对她冷嘲热讽、毫不体恤。

对所有人都好，唯独对你不好。

我想，除了不够爱你，没有其他理由。

正如徐志摩，他能对林徽因吟诵“我是天空里的一片云，偶尔投影在你的波心”这样柔情的诗，对陆小曼写出“眉，我无时无刻不在想你”这样炽热的信，只因他深爱她们。

你以为他刀枪不入、百毒不侵，他只是没那么爱你而已。

坚决要离婚的徐志摩将张幼仪孤零零地抛弃在波士顿。在举目无亲的陌生城市里，一个语言不通、无依无靠的女子，靠什么支撑着生活？

“我是一把秋天的扇子，是个遭人遗弃的妻子。就在这个时候，我考虑要了断自己和孩子的性命。我想，我干脆从世界上消失。”绝望下，张幼仪的脑海里闪过极端的念头。可身体发肤受之父母，自幼遵循孝道的张幼仪没有选择轻生，而是写信向二哥求助。二哥劝张幼仪千万不要打胎，兄弟愿意抚养，这才为张幼仪注入了一剂强心针。

后来，张幼仪在德国柏林顺利地生下了第二个儿子彼得。

在医院，一直杳无音信的徐志摩突然出现，逼迫张幼仪签下离婚协议书。张幼仪残存一线希望，说要和公婆商量。徐志摩狠心拒绝，迫不及待地说，来不及了，林徽因就要回国了。

那一瞬间，张幼仪彻底死心。

亦舒说过：当一个人不爱你的时候，哭闹是错，静默是错，呼吸是错，就连死了也是错。

再怎么样，都是错。

张幼仪明白得不算晚。

看着徐志摩离去的决绝背影，张幼仪发出了令人深省的内心独白："经过波士顿那段可怕的日子，我领悟到自己可以自力更生，而不能回去徐家，像个姑娘一样住在硖石。我下定决心：不管发生什么事情，我都不要依靠任何人，而要靠自己的两只脚站起来。"

留在柏林的张幼仪坚强地擦拭泪水，独自带着幼子生活。她雇了保姆照顾，自己隐忍发愤学习德文。日子过得艰苦，但起码充实。

05

在没有徐志摩的日子里，张幼仪活出了一个女性的独立与坚韧。

她将自己的一生分成德国前、德国后两个阶段。"去德国以前，我凡事都怕；去德国以后，我一无所惧。"

离婚，让张幼仪彻底脱胎换骨，迅速成长起来。

1925 年，3 岁的彼得在柏林夭折。痛不欲生的张幼仪再次感受到了命运残忍的打击，但她没有就此沉沦。当一个人什么都没有的时候，她还害怕什么呢？

美国巴顿将军说过，衡量一个人成功的标志，不是看他登到顶峰的高度，而是看他跌到谷底的反弹力。

至此，张幼仪触底反弹，人生迎来了让人瞠目结舌的大逆袭。

她先是回国，在高校当了一个学期的德文老师，后借助兄弟的人脉，凭着敏锐的商业触觉，出任上海女子商业银行副总裁，在上海银行界崭露头角，名噪一时，成为中国女性主持银行的第一人，又开办了中国第一家新式服装公司，风靡上海滩。

离婚后的张幼仪，没有黯然神伤、怨天尤人，而是华丽转身，破茧成蝶，完成了惊人的蜕变。

徐志摩的侄儿徐炎称她为女强人："性格刚强，严于管束，大时尤甚，富于手段；很有主见，也很有主张，且相当主动。"

就连徐志摩也对其刮目相看，佩服得五体投地："张幼仪真是一个有胆量、有志气的女子，她真的什么都不怕。"

或许多年前的张幼仪也想不到自己会有如此辉煌的一天吧。

曾经笼罩在所爱之人的影子里，卑躬屈膝、费尽心思地渴望得到他的认同，但换来的总是他的视而不见、漠不关心。可一旦强大自身、华丽绽放，才意外地发现，其实不必奉承所有人，只需做回自己。

在爱情中的女子常如张幼仪般，卑微过、委屈过、痛苦过、绝望过、万般讨好，却终被辜负。

痛定思痛，重整旗鼓，自强自立，最后很多女子都会发出肺腑之言：感谢当年不娶之恩。

张幼仪在暮年时感慨人生，也由衷地说道：感谢当年离婚之恩。

"我要感谢徐志摩，若不是离婚，我可能永远都没有办法找到我自己，也没有办法成长。他使我得到解脱，变成另外一个人。"

旧中国的女性，命运是不被自己左右的，正如张幼仪在回忆录开头所讲述的那样：“在中国，女人家是一文不值的。她出生以后，得听父亲的话；结婚以后，得服从丈夫；守寡以后，又得顺着儿子。你瞧，女人就是不值钱。”

离婚在那个年代看来，更是离经叛道，自寻死路，下场凄凉。

“女人离婚是一件丢脸的事，娘家会不想她回去，她只有三个选择：卖娼、出家和自尽。”

所以即便追求自由、追求民主的鲁迅，也无法抛弃父母媒妁之言定下的原配妻子朱安。他知道，离异后的朱安必然死路一条。为此，他不忍。

相比之下，徐志摩就残酷多了。他说“无爱之婚姻忍无可忍，自由之偿还自由”。高举着爱情自由的旗号，徐志摩毅然、决然地离婚，更写了首《笑解烦恼结——送幼仪》的诗，和他的离婚通告一起刊出，在全中国引起哗然，迫使张幼仪成为民国以来新式离婚的第一人。

经历了人生中最黑暗的日子，张幼仪最终幡然醒悟：“在婚姻中，只有独立、自信，而不是陷入无尽的妥协、牺牲，才能让女人得到真正的爱和尊重。”

独立、自信，恰恰是离婚前的张幼仪最缺乏的两种品质。

离婚后，张幼仪没有自我毁灭，而是马不停蹄地刻苦学习、大胆经商、努力赚钱，涅槃重生，扬眉吐气。

我特别赞同这段评论：假如没有离婚，她或许还是那个又局促又乏味又碍眼又绊脚的原配。曾经胆怯心虚的张幼仪，必须经历婚姻破裂，从阵痛中蜕变，在欧洲留学，拭去“小脚女人”的满面尘灰，才可能身着职业装笃定地坐在办公桌前。

06

离婚，并没有多么丢人现眼。相反，它让人置之死地而后生，重新找寻人生的幸福。

多年后，一个名为苏纪之的医生走进了张幼仪的生命。他们彼此相敬如宾地共同生活了 28 年。苏纪之逝世后，张幼仪赴美来到儿子家，祥和地度过了人生的最后岁月，享年 88 岁。

对于张幼仪的一生，梁实秋在《谈徐志摩》一文中的评价最为中肯："她沉默地、坚强地过她的岁月，她尽了她的责任，对丈夫的责任，对夫家的责任，对儿子的责任——凡是尽了责任的人，都值得尊重。"

离婚后的张幼仪，依旧尽心尽力地履行着责任。她继续奉养公婆，甚至在婆婆临终前，赶回徐志摩的老家，以一个继女的身份为婆婆尽孝，妥善圆满处理后事，令徐家人甚感欣慰。

1931 年，徐志摩搭乘的飞机意外失事，一代才子遗憾地离开了人世。爱妻陆小曼哭得死去活来，六神无主。只有张幼仪沉着冷静，按捺内心的悲痛，遣人将徐志摩的遗体载回安置，并无怨无悔地侍奉了徐父 13 年。在徐父去世后，她每月按时将钱存进陆小曼的户头，让无经济来源的陆小曼不至于无枝可依。

如此豁达大气，相信不是一般的女子所能做到的。

许多人猜测，张幼仪的动机，仍是出自爱，对徐志摩骨子里的爱。

就连张幼仪的侄孙女张邦梅在为张幼仪写传记时，也追问张幼仪是否还爱着徐志摩。

人生即将走到尽头的张幼仪，早已看透了世间浮华，心素如简的她坦言："你总是问我，我爱不爱徐志摩。你晓得，我没办法回答这个问题。我对这问题很迷惑，因为人们总是告诉我，我为徐志摩做了这么多事，我一定是爱他的。可是，我没办法说什么叫爱，我这辈子从没跟什么人说过'我爱你'。如果照顾徐志摩和他家人叫作爱的话，那我大概爱他吧。在他一生当中遇到的几个女人里面，说不定我最爱他。"

其实爱不爱，到了最后都不是最重要的。重要的是，拥有传统价值观的张幼仪，一直坚守着自己做人的原则，即使在西方待过多年，但骨子里仍流淌着忠孝的血液。

"我生在变动的时代，所以我有两副面孔，一副听从旧言论，一副聆听新言论。既具备女性的气质，也同时拥有男性的气概。"

《奇葩说》中说过一句话：大家都觉得爱情很伟大，但其实承担责任，才会让你享受到一种高级的幸福。

我想，如果没有《人间四月天》这部影视剧，或许张幼仪还不会被大众所熟知。

很多人不知道她的身份。

即便知道了，大家也会为她贴上"徐志摩前妻"这个撕不去的标签。

可是我觉得，这个标签并不是光环，离开徐志摩后的张幼仪，人生才真正开始，随后一路精彩。

没有依附任何人，这个女子才活得如此耀眼。

原谅我曾经的肤浅和无知，令我对张幼仪充满了误解。当我也经历了世事沧桑之后，我对这名坚韧的女子有着太多的感同身受，甚至我觉得她是现代女性学习的楷模。

曾看过知乎上关于张幼仪的评价，我特别喜欢一个网友的答案。他说，徐志摩一生中的三个女人，张幼仪是最平凡的一个，没有倾国倾城的姿色，没有摄人心魄的魅力，没有张扬横溢的才华，却是实实在在活在现实生活中的女人，她诠释了中国女性灵魂中最宝贵的精神——坚强、隐忍、淡然。

她的一生，充满着被父母、兄弟、丈夫甚至是情敌共同铸就的悲欢离合，但也正是这些人的存在，才让她没有湮没在茫茫人海中，让我们可以在历史的雪泥鸿爪中找到她的芳踪。

廖翠凤｜成熟的感情是不念过往、不畏将来

丢下包袱，抓住眼前的幸福，未来才能焕然一新。

01

舅舅和舅妈结婚将近30年，但感情一直不太和谐。

我曾好奇地问舅舅："为什么会这样？舅妈看上去挺好的一个女人，善良贤惠、勤俭持家，怎么您就和她水火不相容呢？"

舅舅听后，长叹一口气，一副很无奈的样子。他说，年轻时，他有过一段刻骨铭心的初恋。那个女孩，就像一朵白莲花，脱俗清新。后来舅舅下乡，初恋情人与他被迫分开，嫁与他人。舅舅只好在当地黯然神伤地娶了舅妈。

起初，舅妈一直仰视舅舅，认为他有文化、有学识，和村里那些汉子不同。所以，结婚初期，她待舅舅极好。可后来，舅妈听闻了舅舅的过去，知道他有一个念念不忘的初恋时，整个人就彻底变了。她变得尖酸刻薄，变得戾气冲天，动不动就拿自己与初恋做比较，还问舅舅到底哪个好。

舅舅一言不发，明明内心还爱着初恋，却小心翼翼地掩盖秘密，不让别人知道，更不让舅妈知道。

可每次舅妈都有意无意地“挑衅”，让舅舅怒火中烧。

久而久之，他俩的感情在忌妒与计较中，被稀释得越来越淡。

其实，智慧而通透的人应该明白，在感情中最傻的行为就是过于计较、过于苛刻。每个人都有自己的过去，非揪着对方的过去不放，不好好经营彼此的现在和未来，那不等于给自己添堵吗?

舅妈不懂。

她没有民国国学大师、文学巨匠林语堂的原配妻子廖翠凤的智慧。

当年，廖翠凤深知自己不是林语堂的最爱，也毅然嫁给了他。婚后两人相依相伴、相濡以沫，度过了幸福平静的一生。

虚无缥缈的思念终究抵不过日复一日的相守与陪伴。

廖翠凤看得透彻。

她明白，放下过去，才能拥有更好的未来。

02

遇见廖翠凤前，林语堂经历过一段终生难忘的初恋。

那个女孩叫陈锦端，是林语堂同窗好友的妹妹。

多年后，林语堂依然忘不了第一眼见到陈锦端时的怦然心动：“她的确生得奇美无比。”

那年，林语堂在上海圣约翰大学读书，是让人羡慕的学霸。陈锦端在隔壁圣玛丽女子学校学美术，画得一手好画。

相遇时，两人都是十七八岁的光景，拥有最美好的年华和最恣意的青春。陈锦端留有一头长长的黑发，喜欢用一个宽长的夹子把头发夹在背后。

这个模样让林语堂永生不忘。

才子佳人，彼此很快陷入爱河。

年轻时的爱情，一开始都是轰轰烈烈，幻想着一生一世、天长地久。

可是爱情是浪漫的，婚姻是世俗的。

陈锦端家境富裕，林语堂只是一个乡村牧师的孩子，贫寒清苦，门不当、户不对。

势利的陈父棒打鸳鸯，强烈阻拦。

林语堂只好强忍内心的悲痛，无奈放手。

虽说无缘喜结连理，但陈父觉得这个风度翩翩、才华横溢的男子其实很不错，配得上一份好姻缘。为了弥补内疚，也为了让林语堂和陈锦端两人尽快各行其道，陈父将邻居廖家二小姐廖翠凤介绍给了林语堂。

廖翠凤也是一位富家千金。父亲开钱庄，是福建厦门鼓浪屿的首富，颇有名望。

地位悬殊，这同样是一桩不匹配的婚姻。

林语堂没有抱太大希望。

那时在他的内心深处，还残存着陈锦端的影子。“我心中理想的女人是芸娘，她能与沈复促膝畅谈书画；我最崇拜的女子是李香君，崇拜她的憨性，爱她的美丽；当然，我最爱的女孩就是眼前的你……”

想起和陈锦端说过的情话，林语堂心如刀割。

离去的陈锦端，注定是他此生永远无法触及的梦。

一时走不出情伤的林语堂，对其他女孩视而不见。

可是廖翠凤却对林语堂慕名已久。当时，她的二哥与林语堂交情甚深。对林语堂的杰出才华，廖翠凤早有耳闻，也隐约知道他和陈锦端的爱情故事。

可惜，落花有意，流水无情。

林语堂并没有将目光投向廖翠凤。

当陈父委婉地向林语堂说起廖家二小姐漂亮又贤惠时，林语堂只是闷闷不乐地低下了头。他知道，他和陈锦端再也没有未来了，讪讪地回了家。

姐姐见林语堂失魂落魄，知道他在感情上碰了壁，于是安慰道：“陈家是业界名流，连租界外国领事、大亨黄金荣都要给面子。你却是个连学都上不起的穷小子，怎可能吃到天鹅肉？看看外面的芭蕉，虽然长得壮实，其实连果子都结不牢。不是每朵花都会结果的，等你多撞两回墙，就不会这么疼了。”

感情的事，疼与不疼，只有自己知道。

别人不会感同身受。

林语堂没有说话。

03

都说忘记一个人，最好的方式是时间和新欢。

当林家得知陈家给林语堂介绍了廖家千金时，都喜出望外，催促林语堂去廖家提亲。

对于这个新欢，林语堂没有兴趣。

但父母之命不可违。

来到廖家，隔着屏风，廖翠凤终于见到了林语堂。

关于这次饭局，林语堂后来曾回忆道："我从上海圣约翰大学应邀到他们家去吃饭。在吃饭之时，我知道有一双眼睛在某处向我张望。后来我妻子告诉我，当时她是在数我吃几碗饭。另外我知道的，我路途中穿的那脏衬衣是拿到她家去洗的，却从来没人把我向她介绍过。"

和许多情窦初开、心如鹿撞的小女生一样，廖翠凤对林语堂这位青年才俊芳心暗许。那晚，林语堂远行换下来的衣服，也被廖翠凤洗得一干二净。

第二天，当林语堂捧着散发香气的衬衫时，有一股暖流缓缓在内心流淌。他发现，这个千金小姐并没有看轻他。

可有了陈锦端这个前车之鉴，林语堂对这段突然降临的爱情没有多大自信。

他和廖翠凤的关系止步不前。

后来，廖翠凤到圣玛丽女校读书，听闻林语堂在圣约翰大学读大二时连续三次上台领奖，还被称作时论先锋、言情大师，小说在几所学校间疯传……廖翠凤对林语堂更是钦佩不已。

对廖翠凤的选择，廖母一开始并没有答应。

“听说林家很穷，是个穷牧师人家，你是在吃白米饭的人家长大的，嫁到吃糙米的人家，你受得了吗？”

“穷又有什么关系呢？他很有才华，我崇拜他。”廖翠凤的眼神很坚定，她不在乎能否过上锦衣玉食的生活，她只想和喜欢的人相伴到老。

廖母不甘心，又多加了一句扎心的话：“林语堂还忘不了陈锦端，你不过是在代替她。为何陈家不要的东西，你要捡起来？”

廖翠凤很坚定地回答：“喜欢就是喜欢。我捡起他，也就等于他捡起我，我相信他会喜欢我。”

如果没有很多的钱，就要有很多的爱。

可面对既没有钱又没有爱的感情时，廖翠凤却表现出了孤注一掷的勇气和决绝。

她是在赌自己的一生。

赢了，皆大欢喜，白头偕老。

输了，毫无退路，痛彻心扉。

陈锦端则没有廖翠凤的勇敢和执着。她的爱太冷静，没有去疯、去爱、去浪费，没有去追、去梦、去后悔，她只是默默地转身，当了爱情的逃兵。

很快，廖翠凤与母亲之间的对话传到了林语堂的耳畔。

林语堂很感动。廖翠凤给予了他在陈锦端那里获取不到的支持与温情。

这是一个独特的女子，敢于抛弃门第之见，敢于大胆地追求爱。

林语堂接受了。

他们订了婚。

这消息于陈锦端来说，无异于晴天霹雳。伤心之下，她远赴美国求学。

蝴蝶很美，但终究飞不过沧海。因为彼岸，已经没有了等待。

04

1919 年，订婚 4 年后，林语堂与廖翠凤终于走进婚姻的殿堂。

廖家的三姑六婆纷纷嘀咕："林先生对陈小姐根本没有死心，二小姐嫁过去怕也是个傀儡！"

廖翠凤充耳不闻。她相信林语堂，也相信自己终有一天会走进他的心中，成为他此生最大的眷恋。

结婚那日，林语堂表现得很真诚、很自然，完全没有心不在焉、怅然若失的感觉。廖家人悬着的心，终于放了下来。

婚后，林语堂做了一件让人瞠目结舌的事，就是将结婚证书一把火烧掉了。

他对廖翠凤说："结婚证只有离婚才用得上，我们不需要。我会一辈子疼你、爱你。"

余生，林语堂将用实际行动告诉廖翠凤，他不会辜负她的选择。

廖翠凤点了点头，像吃了定心丸一样。但聪慧如她，一早就知道，男人爱与不爱，岂是一纸婚书能约束的？倘若一个男人要变心，所谓的结婚证，又有何意义？

但林语堂的话，还是让廖翠凤感到十分欣慰。

她没有选错这个让她赴汤蹈火的男人。

婚后不久，林语堂偕廖翠凤去美国留学。

在异国他乡，夫妻过着拮据的生活，甚至一度得不到奖学金的救济。廖翠凤只好将母亲给她的首饰拿去变卖，贴补家用。

林语堂心生愧疚：“凤啊，以后我挣了钱，再买给你。”

廖翠凤淡然一笑，没有任何抱怨。在举步维艰的日子里，他们没有像贫贱夫妻那样吵吵闹闹，而是将日子过得诗情画意。廖翠凤默默地操持家务，将生活安排得井井有条。

她仔细地计算花出去的每一分钱。她熟知哪里有便宜的新鲜蔬菜，哪个超市的肉要便宜几美分。她每天都想着，林语堂上学很辛苦，营养一定要跟上，吃的东西也不能重样。廖翠凤把在厦门廖家学的十八般武艺搬到了波士顿的两个小房间里，她要林语堂无后顾之忧。

得此贤妻，夫复何求?

林语堂对廖翠凤心存感激，像宠公主一样宠着廖翠凤。当廖翠凤生气时，林语堂就带她逛街或写诗，不让负面情绪影响夫妻感情。

林语堂和廖翠凤是典型的先结婚后恋爱。他有一句名言：“婚姻就像穿鞋，穿的日子久了，自然就合脚了。”

有了合适的鞋子，林语堂稳健地走在人生的道路上，成就越来越高，终于成为一代国学大师、两届诺贝尔文学奖提名者。

在林语堂的演讲稿上，他第一个要感谢的人就是相濡以沫的发妻廖翠凤。

陈锦端，成为他一个美丽的忧伤。

05

回国后，林语堂和廖翠凤定居上海。

陈锦端也学成归来，求婚者络绎不绝，但她都不为所动。在内心深处，她一直忘不了林语堂。

林语堂也始终惦记着陈锦端。

每次作画自娱，他画中的女子从来都是一个模样：留长发，再用一个宽长的夹子将长发绾起。

孩子们觉得很好奇，问林语堂："为何她们都是同样的发型呢？"

林语堂抚摸着画纸上的人像，没有遮遮掩掩："锦端的头发是这样梳的。"

每当陈锦端上门做客时，林语堂都会将家收拾得干干净净、一丝不苟。廖翠凤看在眼里，从来没有说过一句不是。

陈锦端和廖翠凤大大方方地聊天，一旁的林语堂会像见初恋情人一样局促不安。

孩子们也发现了这个秘密，十分不解。

廖翠凤坦然地微笑："你们的爸爸曾喜欢锦端姨。"

秘密被戳穿，林语堂起初有些不好意思，但看见廖翠凤心无芥蒂，渐渐也释然了。

有一次在家，廖翠凤接到陈锦端打来的电话。简单寒暄后，廖翠凤将话筒递给林语堂，转身进了厨房。

也不知道两人在电话里交流了什么，后来一整个下午，林语堂都如坐针毡。

细心的廖翠凤察觉了，立即在林语堂面前放下擦得锃亮的皮鞋："不就是想见陈锦端吗？去吧，在外吃饭还是带回家来吃饭随你，我不怕她抢了你，抢走我倒省心。"

林语堂一愣，廖翠凤好得就像传说中的芸娘一样。

“我到哪里去找这样的好太太？”林语堂嘀咕，在外转了一圈，就回来了。

廖翠凤见他回来，开玩笑道：“人家一日不见还如隔三秋呢，你这多年不见，这么快就回来了？”

林语堂坐下来，表情认真地说：“凤啊，我才不要什么才女做妻子，我就要你这样的贤妻良母。”

能跟你一辈子的人就是理解你的过去、包容你的现在并相信你的未来的人。

每个人生命的最初，都曾有过一个如樱花般美好的初恋，我们又何必破坏和摧毁这份美好呢？

廖翠凤说过这样一句话：结发为夫妻，恩爱两不疑。

在对待陈锦端这件最敏感的事情上，她真正做到了不吃醋、不计较、不怨恨、不委屈。

她愿意维护林语堂心中的这份美好。她也相信，林语堂有原则、有分寸，不会做出越轨的事情。

作家周国平曾说，惦着一个人并被这个人惦着，心便有了着落，这样活着多么踏实。与这种相依为命的伴侣之情相比，一切风流韵事都显得何其虚无缥缈。

廖翠凤，给予了林语堂最安稳的依靠。

看到林语堂有一个如此善解人意的妻子，陈锦端心甘情愿地退出。32 岁那年，她嫁与他人，过着平淡的日子。

从此，陈锦端与林语堂的人生，再没有任何交集。

06

林语堂将全部的心思放在了写作上，成了“两脚踏东西文化，一心评宇宙文章”的知名学者，也成了中国文学界一杆迎风招展的大旗。

男人越成功，面临的诱惑越多。

廖翠凤曾打趣地说：“人家做了教授，一窝蜂地离了黄脸老妻、娶新潮女生，你就不想赶这个时髦？”

林语堂赶紧摇头：“离了你，我活不成呀。”

在大家看来，林语堂与廖翠凤的婚姻极不般配。家境悬殊，性格差异也大。林语堂好静，廖翠凤喜欢热闹；林语堂崇尚自由，廖翠凤循规蹈矩；吃饭时，林语堂好吃肉，廖翠凤爱吃鱼；林语堂多愁善感，廖翠凤现实精明；林语堂纵贯中西文化，廖翠凤对此一无所知。

林家孩子都说：“世上找不到两个比爹妈更不相像的人。”

两个个性迥异的人有缘走在一起，求同存异是经营婚姻最大的秘诀。

林语堂不修边幅，爱在床上抽烟，每次都把床弄脏，但廖翠凤从不生气，也不指责。在她看来，婚姻需要有足够的包容心。

林语堂自己也承认，他的自由天性只有廖翠凤这样的妻子才能完全包容。

“就凭廖翠凤允许我在床上抽烟，这就是完美婚姻的典范！”

至于婚姻是否般配，林语堂也给出了自己的答案：“才华过人的诗人和一个平实精明的女人一起生活时，往往是，显得富有智慧的不是那个诗人丈夫，而是那个平实精明的妻子。”

婚姻要长久，一定是建立在互相谅解、互相包容、互相体贴的基础上。林语堂深谙此理。

“怎样做个好丈夫？就是太太在喜欢的时候，你跟着她喜欢，可是太太生气的时候，你不要跟她生气。”

夫妻间的争吵，如何应对？“少说一句，比多说一句好；有一个人不说，那就更好了。”

“婚姻犹如一艘雕刻的船，看你怎样欣赏它，又怎样驾驶它。但如果你想让这艘船永不沉没，还需要彼此包容。”

民国不缺大师。但很多人都说，在众多大师中，活得最快乐、最通透的，一定非林语堂莫属。

可是很多人都忽略了，让这位大师活得如此快乐、如此通透的人，正是他的妻子廖翠凤。林语堂和廖翠凤把一个老式的婚姻变成了美好的爱情。

从最初的不爱，到最后的笃定，两人携手走过半个世纪。

金婚纪念日时，林语堂送了一枚金质胸针给廖翠凤。他别出心裁地在上面刻了“金玉缘”三字，并镌刻詹姆斯·惠特坎的名诗《老情人》。林语堂亲自将其翻译成一首五言诗：“同心相牵挂，一缕情依依；岁月如梭逝，银丝鬓已稀；幽冥倘异路，仙府应凄凄；若欲开口笑，除非相见时。”

“这枚胸章，表彰她当年强有力的决定，50年来一次又一次为家庭的幸福作出的牺牲。”

廖翠凤很感动，爱不释手地抚摸着这个饱含爱意的礼物。50年，走着走着，转眼就到白头。

07

谈及白头偕老的秘诀，廖翠凤和林语堂都不约而同地说了两个字：“给”与“受”。

所谓“给”，是在婚姻中给对方想要的，而不是给你想给的。

所谓“受”，是用宽容之心接纳对方的不完美。世上虽然没有绝对幸福的婚姻，但凡是感觉幸福的婚姻都来自无限的容忍和互相尊重。

有人说，这世上有三种婚姻，相濡以沫是最低段位的，相互扶持是中段位的，而彼此包容、从内心里接纳对方的不完美则是最高段位的。

对林语堂，廖翠凤给予了百分百的包容。性格的差异、生活习惯的不同，都不是阻碍美满婚姻的理由。更令人佩服的是，在林语堂一辈子都对初恋陈锦端念念不忘这件事上，廖翠凤深深理解并接纳。

80岁那年，林语堂在《八十自述》一书中坦诚地写道：“我从圣约翰回厦门时，总在我好友的家逗留，因为我热爱我好友的妹妹。”

即便垂垂老矣，林语堂仍无法忘怀长发如瀑、眼眸似水的陈锦端。

某日，老同学陈希庆的夫人来家中拜访。聊到往事，林语堂终于按捺不住打听陈锦端的状况。听说她搬到厦门后，林语堂立即激动地从轮椅上挪着身子，想努力站起来。“告诉她，我去看她。我要看她，看她。”

一旁的廖翠凤赶紧扶着林语堂，安慰道：“你现在连走路都成问题，怎么去看她啊。别急，等我安排一下。如果她身体允许，可以让她过来，你们也五六十年没见了，可以好好聚一聚。”

林语堂拉着妻子的手，喟然长叹，像一瞬间被什么力量击倒了一样，颓然地坐回轮椅里。

此情此景，换成是别人的妻子，或许勃然大怒、拍案而起，或许闷闷不乐、黯然泪下，但廖翠凤没有，从结婚的那一刻起，她就知道，林语堂真正爱的人是陈锦端，一辈子魂牵梦萦的人也是陈锦端，可那又有什么关系呢？

陈锦端只是林语堂人生中的一场空欢喜、一个无法触及的梦幻，而廖翠凤才是林语堂可以伸手够到的幸福。

林语堂也感慨地说：“我好比一个气球，她是沉重的坠头儿，若不是她拉着，我还不知要飞到哪儿去呢。”

对廖翠凤，林语堂或许当初没有一见钟情，没有刻骨铭心，但在日复一日、年复一年里，浓浓的亲情早已转化为岁月静好的缠绵。

所以，林语堂不认为爱情是婚姻的前提，而认为爱情是婚姻的产物。他说：“现代人的毛病是把爱情当饭吃，把婚姻当点心吃，用爱情的方式过婚姻，没有不失败的。”

“我和廖翠凤，是把婚姻当饭吃，把爱情当点心吃。”名满天下的林语堂，有着世人难得的境界与智慧。

1976年，林语堂在香港去世，移葬台北林语堂故居后花园。残烛岁月，廖翠凤终日厮守，真正做到了不离不弃，此生不渝。

其实让人羡慕的爱情，没有那么浪漫，也没有那么美好，只不过是两个人一起经历了苦难，懂得了忍让对方而已。尽心的付出，才会得到没有遗憾的爱情。

宋美龄 | 爱是一场博弈，唯有势均力敌才能长久

最长久、最稳固的婚姻，莫过于双方势均力敌，共同成长，彼此温暖。

01

国内最有名的钢琴家郎朗大婚的消息在朋友圈刷屏了。

吃瓜群众都好奇，究竟是个什么样的女子，降服了郎朗这个超级优质的单身汉。

“颜值逆天，优雅温婉，比明星还美，是享誉国际的青年钢琴家，世界级钢琴才女。”当媒体将新娘吉娜·爱丽丝的背景公之于众后，大家都忍不住啧啧称赞这桩婚姻是金童玉女、天作之合、势均力敌。

同样，美国好莱坞最有名的钻石王老五乔治·克鲁尼，花花公子一个，交往过不计其数的女友，还宣告自己是不婚主义者，结果遇到了超级学霸、美女律师阿迈勒，立即拜倒在她的石榴裙下，不惜拿出100万美元去解除当年自己不婚的赌约。

这一切，其实揭露了婚姻中一个赤裸裸的真相：婚姻中的两个人必须势均力敌，才能并肩眺望世界。

宋美龄与蒋介石是中国近代史上最吸引人眼球的一对明星夫妻，他们的结合也向众人昭示了一个道理：爱是一场博弈，只有与对方不分伯仲，婚姻才能稳固、长久。

02

宋美龄作为民国时期颇有权势、有影响力的女性，她和蒋介石的婚姻一直遭到外界的猜测和诟病。但不可否认，无论出于何种考量，宋美龄和蒋介石用漫长的时间证明了这段婚姻的成功。

蒋介石初识宋美龄时，已有一妻二妾。可为了追求宋美龄，他不惜背负骂名，抛弃所有女人。

只因宋美龄光芒万丈。

他需要借助她的光和热，照亮自己的人生。

宋美龄，与蒋介石的妻妾不同，她的起点很高，出生在上海一个富裕显赫的家庭。父亲宋嘉树是中国近代史上著名的早期买办商人之一，也是孙中山的好友，是孙中山革命的重要支持者。母亲倪桂珍是明代学者徐光启的后裔。作为宋家三小姐，宋美龄自幼被父母捧在手掌心呵护。十来岁时，她就漂洋过海赴美求学。在美国的十几年里，宋美龄掌握了广博的知识，写得一手好字，画得一手好画，说得一口流利的英文，还会其他六国语言。世人称她是中式传统教育与西方贵族教育的完美结合体。

1917 年，宋美龄从美国回到上海，由于集美貌与才华于一身，很快就成为上海名流圈男士追逐的目标。

彼时，宋美龄的两个姐姐，都有很好的归宿。大姐宋霭龄，联姻中华民国行政院院长兼富商孔祥熙，善于积财，富甲天下。二姐宋庆龄，嫁给中华民国大总统孙中山，荣升总统夫人，万民景仰。而宋美龄，也对自己的婚姻充满了期待。她希望牵手一个权势显赫、呼风唤雨的男人，获取极大的才华施展空间和权力平台。

在哥哥宋子文举办的一个晚会上，宋美龄邂逅了蒋介石。此时的蒋介石，即将成为南京革命政府的一颗政治明星，前途无量。

他对优雅高贵、个性十足的宋美龄一见倾心。

“美龄可不同于九江街上的一般女子，我可以毫不夸张地说，她是中国数一数二的美人。”已有三个妻妾，且常年出入花街柳巷、混迹于犬马声色的蒋介石，这次深深地被宋美龄吸引了。

再联想到宋美龄的家世，野心勃勃的蒋介石敏锐意识到，这是一个对自己未来事业将起到巨大帮助的女子！既爱慕高高在上的“女神”，又出于政治考量，蒋介石开始全力追求宋美龄。

关于这门婚事，宋家高度重视，专门召开家庭会议讨论宋美龄该不该嫁给蒋介石。宋母认为蒋介石有过婚史，不符合基督教一夫一妻制，宋庆龄和宋子文也与母亲站在同一战线上，强烈反对。只有宋霭龄力排众议，历数这桩婚姻的种种好处。

宋美龄一直非常崇拜大姐，对她的话言听计从。经过认真权衡，她感觉到，嫁给蒋介石是一个非常好的机会。

多年后，宋美龄在写给美国一本杂志的文章中，曾吐露自己选择这段婚姻的理由："回忆我若干年来的结婚生活，我与宗教发生关系，可分三个阶段：第一个阶段，我极度热心与爱国，也就是渴欲替国家做些事情。我的机会很好，我与丈夫合作，就不难对国家有所贡献了。"

宋美龄有很大的格局和抱负，希望在这个混乱而复杂的时世中做一名现代女性，发挥自己的能量，实现自己的价值。

蒋介石，是她通往理想的途径。

彼此各有所需，水到渠成地走到了一起。

03

1927 年 12 月 1 日，30 岁的宋美龄与 40 岁的蒋介石大婚。

婚礼极度盛大和风光。

据说耗费银圆 30 万。

在此之前，蒋介石还在报纸上连续三天刊登题为"蒋中正启事"的单身申明，宣布与曾经共患难的一妻二妾脱离关系。

原来男人不是不懂得爱。

他的狠心，或是他的温情，取决于女人的价值。

优秀，价值就大。

平庸，则毫无价值。

结婚的前一晚，宋美龄就给蒋介石上了一堂课："中国的旧传统观念是把女人当作生儿育女的工具，这是错误的。正确的观念是女人同男人一样，同样可以打天下，同样是创造社会财富的成员。因此，婚姻应该讲平等，互相帮助，互相爱护。你是总司令，我们结婚后，我不希望成为你的附属品，也不能俯首听命于你。”

在那个男女并不平等的年代，有如此先进、新潮的观念，实属罕见。宋美龄也给广大女性同胞上了一堂深刻的课：所谓婚姻，并非一个女人的归宿，也不该是女人停止成长的理由。让自己保持独立，保持魅力，不做攀缘依附的凌霄花，而是与丈夫一起成长为一棵共担荣辱、终身相依的橡树，才是我们一生的必修课。

婚姻，从来都与你的付出多少无关，而与你的自身价值有关，你越值得被珍惜，他才会越懂得珍惜。

当时更多人将这场轰动上海滩的显赫婚礼理智地解读为一项有预谋的政治行动，是中美合作。

“这场婚姻使得南京军队过去最强有力的领导人和新娘的哥哥——宋子文的家庭，以及国民党创始人——已故的孙中山的家庭联结成一体。”

美国《时代》周刊如此评价这桩婚姻：“仅仅一个家族的触须就分别伸向了中国伟大的首任大总统、今世的征服者、位高权重的财政部长以及中国先哲的75代孙。”

04

不管外界的声音如何喧嚣，在宋美龄与蒋介石双手交握的那一刻，他们的婚姻彻底发挥出了最大的价值。

婚后40天，蒋介石顺利接通江浙财团，遥控其已成羽翼的黄埔系，手握军、财两权，宣告复出，宋美龄遂成为“第一夫人”。

此后，这位与众不同的“第一夫人”，彰显着自己无尽的智慧与美丽，成为蒋介石的左膀右臂，帮助其开创新的事业巅峰和辉煌人生。

在西安事变中成功营救蒋介石，是宋美龄至今仍令众人交口称赞、刮目相看的一件大事。

当时日本侵略中国，为维护国家独立和领土主权完整，张学良冒着生命危险囚禁蒋介石，逼蒋抗日。国民党内以何应钦为代表的一派，主张军事解决。

面对生死未卜、危在旦夕的蒋介石，宋美龄毅然赶赴西安，在各方之间斡旋。

“耶和华在地上造了一件新事，将令女子护卫男子。”

当蒋介石在《圣经》里读到这样的句子时，他怎么也不会想到，宋美龄突然从天而降，出现在囚房中。

蒋介石惊呼泪下：“余妻真来耶？君入虎穴矣！”

宋美龄强抑感情：“我来视君耳。”

这是蒋介石与宋美龄合著的《西安半月记》中，对于他们戏剧性重逢的对白记录。

在此之前，宋美龄曾在信中安慰蒋介石：“如子文三日内不回京，则必来与君共生死！”

休戚与共，患难同在。

一个手无缚鸡之力的女子，竟然如此勇敢、果断、智慧，护卫生命中的男人周全。

最终，在宋美龄的努力下，西安事变和平解决，为各派携手准备抗日战争立了一大功。

有人说，宋美龄给蒋介石的，是她那独一无二的丰厚嫁妆：继承孙中山在国民党的权力，得到江浙财团尤其是孔、宋家族的紧密支持，获得国际社会特别是美国的支持。而这份嫁妆必须是她嫁给一个“正确的人”时，才会激发出巨大能量。

05

1943 年，风华正茂的宋美龄现身美国华盛顿，以典雅流利的南方口音不卑不亢地发表演说，揭露日寇，呼吁支持中国。

“她柔弱的身姿暗合了美国人对中国的想象，但她铿锵的声音显示了一个国家的尊严。美国国会精英们闻之动容，听完演讲后竟全体起立，掌声雷动。若干年后回放电影纪录片，人们都会重睹宋美龄无法阻挡的光芒。”

那一刻，落落大方、风姿绰约的宋美龄的确代表着中国。

这场演说随即在美国刮起了“东方旋风”。

《纽约时报》评论宋美龄是地球上最有影响力的女性之一。

归国后，连国内最高媒体《新华日报》都称赞宋美龄“为国家、为民族赢得了无限的光荣盛誉，使中国六年抗战、为世界和平和民主而奋斗的光辉战绩，在国际之间更加显著，国际地位因此高扬，外援因此广泛地开展，直接有助于中国的抗战，有助于中国与盟邦的相互了解。这些功绩，对抗战的帮助是不可计量的”。

宋美龄在蒋介石的事业和整个国家、民族最危难的时候，爆发出了生命中最灿烂、最辉煌的光华。而这一切，足以让蒋介石的其他女人黯然失色。

即便关于坊间流传的蒋介石对第三任妻子陈洁如念念不忘的传闻，宋美龄也只是一笑而过。“理想的爱情不仅是基于相互的爱，也基于相互的尊重和信任。在我与蒋 17 年的婚姻生活中，委员长的品格是无可指责的。我相信他的忠诚。在过去17年里，在他所有的战斗中，我一直是他忠诚的伴侣和同事，不管是在前线，还是后方，与他一起分担沉浮与危难。”

对蒋介石，自信的宋美龄给予了十足的信赖。

宋美龄的价值，对蒋介石而言，无人可替代。

所以，蒋介石才会情意绵绵地说：“迄今思之，所谓功业宛如幻梦。唯独对女士才华容德，恋恋终不能忘。”

很多人将蒋介石的四任妻子作比较，得出一个结论：前三任妻子都未能陪他走下去，是因为她们不够优秀，止步不前。但是蒋介石是往前走的，所以不能同步的夫妻注定不会长久。夫妻之间只有互相进步、互相欣赏，才能保持婚姻的新鲜和牢固。

因此，宋美龄才是良配。

06

那年，宋美龄说喜欢法国梧桐，蒋介石就在整个南京城都种满了梧桐树，还建造了美轮美奂的美龄宫。

一座城，一个人，一段情。

威风肃杀的枭雄，面对爱人，也有温情浪漫的一面。

陪伴在蒋介石身边最久的私人医官回忆过一件小事：每年秋末，蒋介石都喜欢去山上摘梅花，但是因为角板山的路太难走，宋美龄不喜欢去。所以蒋介石每次都自己去，然后就在梅花树下面转来转去，找到好的梅花，就剪下来。回去之后，一定会送给宋美龄。

晚年时，宋美龄和蒋介石褪去光环，像普通夫妻那样，划船、野炊、看书、作画，在林间小径上漫步，日子过得恬淡安稳。

遗憾的是，宋美龄一生不曾生育。

行将就木的蒋介石为了巩固宋美龄在蒋家的地位，曾两次立下遗嘱，念念不忘地嘱咐他的两个儿子："余死后，经国与纬国两儿皆须听从其母美龄之教训，凡认余为父者只能认余爱妻美龄为母，不能有第二人为母也。"

弥留之际，蒋介石只认可宋美龄为此生唯一的妻子。

而宋美龄对蒋介石，也是满满的真爱。

据说，宋美龄一生爱美，尤其严格控制自己的体重。为保持窈窕的身材，她经常吸烟。蒋介石不喜欢闻到烟味，更不允许旁人在他面前吸烟。为此，宋美龄避开蒋介石，只在自己的书房里抽烟。这个习惯一直持续到蒋介石去世。

蒋介石晚年病重，宋美龄一直寸步不离，无微不至地陪伴在他身边照顾，给了他极大的心理安慰。

蒋介石撒手人寰后，宋美龄心灰意懒，逐渐淡出政治舞台，晚年长居美国纽约。

2003 年，这位跨越三个世纪的传奇女性落下了人生的帷幕，享年 106 岁。

07

在中国最纷乱杂陈的年代，宋美龄是一颗最耀眼的政治公关明星，开启了一个极其鲜明的现代女性的参政模式，她也是民国政府最好的粿合剂与"统战部长"。作为民国第一夫人，她美丽、高贵、大方、智慧，有野心、有抱负。"我久已暗中怀想着提高人生价值的改革，现在我有机会来把它实行了。我必须尽量利用上天所赐的恩惠。"

正因如此，“这个为夫君一生伸展长袖的奇女子，为20世纪中国政治人物的脸谱提供了不可多得的温情符号”。

而关于她的婚姻，一直以来被人们所津津乐道。是权力与财富的交易，还是一对恩爱夫妻？

“人生其实很简单，是我们把它弄得如此纷乱而复杂。”

在宋美龄看来，她的婚姻实质根本没有外界说得那么复杂、那么充满心机。据宋美龄秘书张紫葛所著《在宋美龄身边的日子》一书透露，张紫葛曾当面诉诸种流言以询问宋美龄之婚姻真相，宋美龄说：“这桩婚姻自始至终都是我自己做主，与阿姐何干？至于蒋介石和我结婚是为了走英美路线，那更是天大的笑话……”

还是宋庆龄评价得客观：“宋美龄与蒋介石的结合，开始双方是出于政治目的和个人目的，也谈不上婚前是否有感情，两人婚后能谦让、大度、温柔体贴，尤其西安事变后，感情十分融洽和睦了。”

宋霭龄是现实主义。

宋庆龄是理想主义。

宋美龄则介于二者之间。

对待自己的婚姻，宋美龄也将现实主义和理想主义完美地结合在一起。在现实中，她要的是一个权倾朝野、叱咤风云的盖世人物，满足她的虚荣心；在理想中，她要的是一个相濡以沫、同生共死的爱人，抚慰她的心灵。

所以，在长达46年的婚姻中，宋美龄都秉持着信念，活得透彻、果敢，与蒋介石坚守共同的政治使命，追求共同的革命事业，风风雨雨共进退，大起大落不离弃，见证了中国近半个世纪的风云变幻，也携手一生，白头到老。

美国前国务卿基辛格十分推崇宋美龄，说她是“一位乱世美人，以女性平凡的情感，影响了大千世界”。

是的，宋美龄与蒋介石强强联手的这段婚姻，搅动了历史的风云，左右着国家的形势，也向我们证实了一个世间饮食男女都应该知道的扎心真相：婚姻的本质是利益共同体，夫妻走到一起追求的是合作共赢、互惠互利、彼此成就、相伴一生。

只有你足够优秀、足够强大，你的婚姻才能有所保障、才能长久。

正如《简·爱》里的那句名言：“爱是一场博弈，必须永远保持与对方势均力敌，才能长此以往地相依相吸，因为过强的对手让人疲惫，太弱的对手令人厌倦。”

胡蝶 | 承受得了人世的悲凉，才经得起生命的欢腾

往前，有谋生的平台；退后，有谋爱的港湾。一个女人真正的坚韧，是在人生的舞台上，把自己活得摇曳生姿。

01

在人生最黑暗的时刻，是否感觉到自己熬不下去了？

相信这个困境很多人都经历过。

我认识的一个女孩，家境贫寒，父亲长年缠绵病榻，靠母亲打着一份散工支撑家里的开支。大学四年，她都靠勤工俭学度过。毕业后，她在一家小公司当翻译，领着微薄的薪水。相恋多年的男友经不起现实的打击，和她分了手。

失恋的那天深夜，她在阴暗的天台上泪流满面。

她告诉我，脑海里曾快速闪过一个绝望的念头，就是飘然坠下，告别人间所有的苦痛与挣扎。

可是她最终没有这么做。

因为她看到第二天的太阳升起来了。

能平和从容地看着日升日落，人生其实没有那么糟糕。

从那以后，她发愤图强，很快就跳槽到一家大公司，拿着高薪。有了钱，父亲的健康有了保障，母亲也不用那么劳累了，全家的生活发生了翻天覆地的变化。精神面貌好了，她身边也出现了追求者。

“回想那个夜晚，真的可怕。”女孩朝我笑了笑，“有时一念之间，人生会有不同的结果。但我庆幸，在那段最灰暗、最痛苦的岁月里，我没有放弃生命、没有放弃理想，硬生生地熬了过来。”

中国古典文学研究专家叶嘉莹说，人要有“弱德之美”。所谓弱德之美，是一个人处于弱势时的智慧。

在人生最低潮的时候，调整心态，保持斗志，可进可退，才是真正的大智慧。拥有这种智慧，方可华丽转身，迎来转机。

正如民国时期电影皇后胡蝶，在那个混乱不堪、变幻莫测的年代，凭借“弱德之美”化解了人生中一个又一个难题，最终开创了辉煌的电影事业，收获了一份真正属于自己的圆满爱情，人生堪称完美。

02

1908 年，不平凡的一年。

光绪皇帝、慈禧太后先后驾崩，末代皇帝宣统即位。

整个中国的局势动荡不安、云谲波诡。

在这样的时代大背景下，原名胡瑞华的胡蝶在上海出生了。作为家中的独女，她备受宠爱。父亲给她起了一个乳名叫宝娟，寓意掌上明珠如鹃怒放、姹紫嫣红。与阮玲玉相比，胡蝶家世良好。父亲是京奉铁路总稽查，经常带着胡蝶辗转流离，跑遍各地。

行万里路，“小小心灵接触的是风云变幻中的广厦千万，青涩视野容纳的是一个日新月异的世界”。在这样的氛围下，胡蝶养成了乐观、坚毅的性格。出身大户人家的母亲，对胡蝶更是关爱有加、教导有方。这使得胡蝶的童年在乱世中没有受到丝毫影响，仍按部就班地读书、生活，日子过得安稳幸福。

1924 年，中国第一所电影演员训练学校——上海中华电影学校创办。当 16 岁的胡蝶看到该校的招生广告时，立即动心了。

那时当演员的都有一个响亮的艺名，胡蝶想：用什么艺名报考好呢？

灵光一闪。

她想到了翩翩起舞、自由飞翔的蝴蝶。

“那我就叫胡蝶好了。”

结果在几千名报考者中，胡蝶脱颖而出被录取了。从此，这个名字在中国电影史上大放异彩、光芒万丈。

当时的上海滩，歌舞升平，灯红酒绿，大街小巷都张贴着胡蝶的广告画报。从那个年代的审美眼光来看，胡蝶的形象非常符合中国民间传统的丽人标准。“她除了面若银盘、明眸皓齿、肤如凝脂之外，双颊上的一对酒窝更是她的绝世招牌。”这个以“梨窝美人”扬名影坛的女伶被誉为“中国的葛丽泰·嘉宝”，以精湛的演技成功地饰演了中国不同阶层的各类女性形象，是中国电影拓荒期和成长期的亲历者和见证人，被视作民国影坛的一座丰碑，更是旧上海最美丽、最独特的一个文化符号。

说起事业上的巨大成功，胡蝶曾谦逊地表示："一个人成功有主观因素，也有客观因素。如我学语言较快，比较听从导演指挥，同时注意到与同行们的合作，拜众人为师，因此大家也都乐意帮助我，自是得益不少。有人说我之所以成为红星，是因为我长得美。其实天赋条件是一个方面，能不能发挥自己的长处是很重要的另一个方面。"

演戏方面，胡蝶或许没有阮玲玉的超高天分。但作为中国最早的科班出身演员，她异常勤奋和刻苦。她不仅亲自前往北京拜梅兰芳学京剧、学普通话，录制配音时，还在录音室里一待就是 7 个小时。

胡蝶对待工作的严谨态度，深得电影界前辈的认可和赞赏。他们极力器重和栽培这个新人。

很快，17 岁的胡蝶就在电影《秋扇怨》里担任女主角。

男主角是林雪怀。

浪漫的童话故事拉开了序幕。

林雪怀对富丽华贵、雅致脱俗的胡蝶怦然心动，处处嘘寒问暖、关怀爱护。胡蝶也被林雪怀的英俊、浪漫、体贴深深吸引。

假戏真做，因戏生情。爱情就这样猝不及防地降临。

彼时，林雪怀的名气要比胡蝶大。外界都称胡蝶是林雪怀的女朋友。

男尊女卑的感情，让男方觉得无上光荣。

谁不希望另一半踮起脚尖仰望高高在上的自己呢？

在公开恋情后，胡蝶和林雪怀收到了来自四面八方的祝福，都称赞他们郎才女貌，是一对佳偶天成的璧人。

年少成名、父母疼爱、爱情事业双丰收，此刻的胡蝶，无疑是一个浸泡在蜜罐里的幸福少女，处于人生的巅峰期。

可众人猜中了故事的开头，没猜中故事的结局。

03

随着胡蝶的名气越来越大，这段感情渐渐地像失衡的天平摇摇欲坠。

外界开始称林雪怀是胡蝶的男朋友。

称谓的转变，让这个有着强烈自尊的男人越来越敏感、偏执、多疑，郁闷不得志。

眼见胡蝶忙得不可开交、事业蒸蒸日上，而自己演技平平、难成气候，一股无限的压力迫使林雪怀弃影从商，寻求改变。

拿着胡蝶的钱，林雪怀投资了一家餐馆。由于经营不善，餐馆生意惨淡。这严重打击了一个男人的自信心。

一条深深的鸿沟出现在他们中间。

面对林雪怀的狭隘、偏执，胡蝶不改初衷、痴心一片，还和他订了婚，约定终身。

然而，林雪怀终日胡思乱想、患得患失，甚至变得堕落浪荡、玩世不恭，心安理得地放纵自己，流连于灯红酒绿、声色犬马中，肆无忌惮地挥霍胡蝶辛辛苦苦赚来的钱。

一份美好的感情就这样被轻易摧毁。

一日，林雪怀看到报纸上刊登了一则关于胡蝶的花边新闻，顿时怒火中烧。这成了压垮他们情感的最后一根稻草。

他立即跑到片场当面斥责胡蝶行为不检、声名狼藉，要求分手，声明从此“恩断义绝”，还聘请了律师解除婚约。

胡蝶悲愤交加。冷静下来，她写了一封情意真挚的信，希望林雪怀消除误解、回心转意。

可林雪怀表现出了一个男人的决绝与狠心，漠视了胡蝶的请求。

恋人的心就像那多变的云，转眼之间，两人形同陌路。

痛定思痛，胡蝶不再委曲求全，不再苦苦哀求和挽回。她和林雪怀对簿公堂，打了整整两年的官司。

“雪蝶解约案”闹得满城风雨。

1931 年，这场诉讼才彻底画上句号。

两个曾经幸福相恋的爱人，自此老死不相往来。

童话故事潦草收尾。

“每一段痛彻心扉的付出，都是珍贵的礼物。”

晚年的胡蝶追忆这段风波，感慨地说：“这算是我青年生活的一个波折，但解决了一件不如意的事，也使我更能专心致志地从事电影事业。”

是的，这段感情的挫折没有让胡蝶沮丧失意、一蹶不振。在她看来，一个女人更重要的是找到自己、成就自我。

彻底挥剑斩情丝后，胡蝶告别过去，打起十二分精神重新投入工作中。

这一年，胡蝶参演的《歌女红牡丹》在上海首映，受到观众的热烈欢迎。

当胡蝶那一口标准的普通话在影片播出时，大家纷纷惊呆了。

这是我国第一部蜡盘发声的有声片，是电影史上划时代的作品。

至今一些老影迷追忆胡蝶时，一定会提起《歌女红牡丹》。作为成名之作，这部影片在她的演艺生涯中起到非常重要的作用。

此后，该电影无论是在国内，还是在东南亚各国上映时，都好评如潮、盛况空前，影响极大。胡蝶成为当时最具影响力的电影明星。

有人说，分手最痛心的莫过于在没有自己的世界里，发现对方依然过得很好，而自己把自己弄丢了。

胡蝶与林雪怀分手后，声望没有受损，事业没有受挫，依然活跃在荧屏上，成为无数红男绿女心目中的偶像。而败诉后的林雪怀，始终郁郁寡欢，后来随便找了个女人结婚，日子过得惆怅落魄。

这段感情，也让胡蝶大彻大悟：爱情其实就是荷尔蒙分泌，只有那种褪去激情归于平淡、陪伴于流年的守望，才适合婚姻。

所以，她要寻找一个真正可靠的男人，不求大富大贵，只求温厚踏实。

04

1931 年，胡蝶认识了生命中最重要的男人——潘有声。

起初，在爱情中受到伤害的胡蝶并没有立即展开另一段感情。心有余悸的她意识到，这次她要谨慎选择一个真正欣赏她、理解她、呵护她的伴侣。

潘有声是上海德兴洋行的总经理，认识胡蝶时，正在洋行的茶叶部任职。他对娇媚高贵的胡蝶心生好感，也知道“雪蝶解约案”给胡蝶造成了许多负面影响。他愿意默默等待和守护胡蝶。

胡蝶也一直在暗中观察、考验潘有声。

两人的感情慢慢升温。

1931 年，对胡蝶来说，也是刻骨铭心的一年，可谓多事之秋。

“九·一八”事变爆发，她赴北平拍戏。

不承想一夜之间她竟变成了各大报刊攻击的“红颜祸水”。

“赵四风流朱五狂，翩翩蝴蝶最当行。温柔乡是英雄冢，那管东师入沈阳。告急军书夜半来，开场弦管又相催。沈阳已陷休回顾，更抱阿娇舞几回。”南国诗社著名诗人马君武的《哀沈阳》引起了一桩公案。国难当头，民众群情激奋。世人跟风指责在事变当晚，作为东北军统帅的张学良不组织抵抗，却在北平饭店和当红影星胡蝶跳舞！

“红颜祸国，不爱江山爱美人，东三省就是这样丢掉的。”

大字标题赫然映入眼帘，胡蝶悲愤地看了内容，惊呼：“这根本不是事实，全是造谣！”

商女不知亡国恨，可胡蝶不是，她是满腔热血、热泪盈眶的中国人！

无辜背负骂名的胡蝶立即在报端澄清事实，以正视听：“蝶亦国民一份子也，虽尚未能以颈血溅仇人，岂能于国难当前之时，与负守土责者相与跳舞耶！”

胡蝶后来回忆说：“见到大批撤下来的军队知是沈阳失守，我是在事变之后方始到达北平的。世间荒唐的事情还真不少，沈阳事件发生时，我那时还跟明星公司摄影队一起逗留在天津，没有踏入北平一步，后来为拍《自由之花》到北平时，已是‘九·一八’事变约一周后，未料此行会引起一段莫须有的公案。”

流言止于智者。和胡蝶素未谋面的张学良说道：“到底有水落石出的一天。”

后来有人力主胡蝶诉诸法律起诉肇事者马君武。

胡蝶淡然地拒绝：“马君武这两首诗是根据传闻而写。据后来了解，是日本通讯社从中造谣中伤张学良，以引起国人对他的愤慨，转移目标。马君武激于义愤，一时也未能考证事情的可靠与否，只是将我也牵连进去了。”

同样是顶级明星、同样处在人言是非的旋涡中心，面对流言蜚语、诽谤攻击，阮玲玉死在了“人言可畏”这四个字下，而胡蝶则敢于正视，百炼成钢，相信“清者自清”，置之死地而后生，活得勇敢漂亮。

那些打不败你的，终将让你更强大。

30 多年后，胡蝶追忆往事说：“我已蒙了 30 多年的冤枉，因为从来我就没见过张学良。当时马君武那首诗，对我的事业是很有帮助的，使我因而红了起来。现在我已老了，我要澄清事实，以免将来的历史，永远错误下去。”

穿过命运的荆棘，胡蝶衣袖轻摇、翩翩飞过，在事业上越来越成功。1932 年，她出演了根据“鸳鸯蝴蝶派”作家张恨水同名小说拍制的《啼笑姻缘》。这是中国的第一部彩色片，一经播出，轰动全国。胡蝶再次成为炙手可热的明星。

张恨水对胡蝶的表演给予了高度赞赏：“胡蝶落落大方，一洗女儿之态，性格深沉、机警、爽利兼而有之，如与《红楼梦》中人相比拟，十分之五六若宝钗，十分之二三若袭人，十分之一二若晴雯。”

1933 年，胡蝶当选中国首届“电影皇后”，并拍摄了《自由之花》《姐妹花》等优秀电影。随后作为中国影坛上第一位正式出国访问的女演员，赴苏联参加国际电影节，一时风头无二，无上光荣。

在人生低谷时，潘有声守护在胡蝶的身边，相扶相携，不离不弃。

在人生鼎盛时，潘有声陪伴在胡蝶的左右，支持鼓励，心心相印。

真正的爱是无声的，没有太多的海誓山盟、甜言蜜语。在经历了轰轰烈烈、刻骨铭心的初恋故事后，胡蝶越来越发觉潘有声很实在，给予了她从未有过的安全感和幸福感。

“他是个干事业的人，做事情扎扎实实，待人诚恳，讲信用，肯动脑筋，肯钻研。”

几年的爱情长跑，让胡蝶坚信自己的选择。

1935 年 11 月，她终于与潘有声步入了婚姻的殿堂。

05

这一年，对胡蝶而言，是特殊的一年。

好友阮玲玉自杀身亡。

初恋男友林雪怀落寞去世。

都是风华正茂的年龄，生命就戛然而止。

而胡蝶的人生，才真正开始。经历了世事无常、恩怨情仇、悲欢离合，她变得明心见性、淡定从容，将更多的时间和精力放在了家庭上，相夫教子，过着与世无争的日子。

是否适应这样的身份变化?

面对这样的问题，胡蝶坦然一笑：“没有人会是永远的主角。在现实生活里是这样，在舞台上也是这样。”

名利如浮云，只有安然、踏实地过日子，才是可以触摸到的幸福。

可在不太平的年代，简单的愿望也变得艰难、奢侈。

先是日本全面侵华，胡蝶所在的大上海沦为孤岛。无奈之下，她和潘有声前往香港避难。这时，灾难降临了。日本人登门拜访，“盛情邀请”胡蝶去东京拍摄一部《胡蝶游东京》的电影，来宣扬“中日亲善”，美化侵华战争。

为了不出卖自己的良知、不背叛自己的民族，胡蝶很有节气地拒绝了，并毅然逃离香港。

逃亡路上，又一个致命打击迎面袭来。

胡蝶把所有的家产打包成了30个箱子，结果在兵荒马乱之际不翼而飞！

心急如焚、六神无主的胡蝶四处托人帮忙，辗转多人，戴笠也成为所托之人。

戴笠，民国赫赫有名的“特工之王”“中国的盖世太保”，在历史上臭名昭著，人格复杂。

关于他和胡蝶的桃色绯闻，一直被人说道。

据说，戴笠是胡蝶的超级粉丝。只要是胡蝶的电影，他必定捧场。他曾多次称赞胡蝶的一举一动、一颦一笑，爱慕之情，溢于言表。

当得知胡蝶竟然有求于他时，戴笠欢喜异常，觉得机会终于来了。

他步步为营，谋划将民国一代影后、自己的梦中情人胡蝶揽入怀中。

第一步，他将胡蝶一家引入自己的势力范围——曾家岩公馆。

“戴笠每天都来问候。他知道胡蝶爱吃水果，而战时重庆又没有什么好吃的，就不惜代价派人从新疆空运来哈密瓜；看到胡蝶身体不好，就请来名医，细心调理，并举止得体地陪她出去散心。”

在关于戴笠和胡蝶的资料中，我们看到杀人如麻、心狠手辣的军统头子背后温情体贴的一面。

看到胡蝶一家感激涕零，戴笠便使出了第二步“撒手锏”——找人将私藏枪支的罪名扣在潘有声身上，在胡蝶的求情下，戴笠将潘有声调到云南昆明工作，迫使他与胡蝶分离。

第三步，为讨胡蝶欢心，戴笠按胡蝶开列的所丢失珍宝和物品的清单，指派专人从国外购置，并亲自送给胡蝶，谎称是追回的一部分财物。同时，修建杨家山公馆和神仙洞公馆，金屋藏娇，真正霸占。

在朝不保夕、命如蝼蚁的时代，能活下去就是最大的坚强和勇敢。胡蝶知道，生逢乱世，只有委曲求全、忍辱负重，才能对抗命运带来的厄运。为了一家人的性命，她巧妙地与戴笠周旋，隐忍地度过了 3 年幽居生活。

1946 年，戴笠向胡蝶郑重求婚：“我今生最大的心愿，是与你正式结为夫妻，你是我的唯一，其他什么事都不能改变我对你的爱。我是真心爱你的，为了你，我什么都可以不要。”

还没来得及兑现诺言、实现愿望，戴笠就在一场空难中意外丧生。

关于他情感世界的那一场春梦最终成空。

脱离虎口的胡蝶重获自由，与潘有声再次团聚，迁居香港，从此过上安稳的日子。

如今有许多资料都绘声绘色地描述戴笠和胡蝶的这桩艳史，前几年热映的电影《罗曼蒂克消亡史》曾演绎了这段情节。

但目前有学者考证，胡蝶与戴笠的传闻并没有多少文献依据。胡蝶在自传里，也对戴笠的囚禁绝口不提。台湾出版的《戴笠传记资料》中，没有一字涉及戴笠和胡蝶的关系。

关于这段历史的真相，我们不得而知，这扑朔迷离的一切也给胡蝶的一生蒙上了一层神秘的面纱。

面对纠缠了一辈子的绯闻，胡蝶既不否定，也不肯定。

在《重庆的日子》里，她说道："关于这一段生活，也有很多传言，而且以讹传讹，说胡蝶也未吃亏，她的丈夫潘有声因此捞了一笔横财，成了确凿之据的事实。……对于生活琐事，虽有讹传，也不必过于计较，紧要的是在民族大义的问题上不要含糊就可以了。……我并不太在乎，如果我对每个传言都那么认真，我也就无法生存下去了。"

"人在强的时候，光芒万丈不稀有；弱的时候，能活出海阔天空，才是真懂生活。"

这是一个有着大智大慧的女子。

有人将胡蝶比作薛宝钗与袭人，说她具备她们的高情商，深谙为人处世的道理。但胡蝶并非圆滑世故，教养中还有一份晴雯的真诚与直率。可以说，胡蝶乐观开朗，身处困境仍坚韧顽强，红颜不薄命，成了笑到最后的美人。

06

在香港，胡蝶协助潘有声筹办兴华洋行，经营"蝴蝶牌"系列热水瓶，生意十分红火。

夫唱妇随、同甘共苦的生活只维持了 6 年，潘有声就因病逝世。

弥留之际，潘有声对胡蝶说道："我今生今世能够与你相亲相伴，这些年已经非常满足了，唯一遗憾的是这一切结束得早了一些。我这辈子是一个没有太大出息的男人，没有给你带来太多的幸福。”

听闻此言，胡蝶潸然泪下。

这个用满满的爱默默呵护她的男人，终于永远地离开了她：“他悄悄地走进我的生活，又这样匆匆地离我而去，我无法接受他已经远离尘世这样的一个事实，我只感到他是出了趟远门，他去了南洋，他很快就会回来的。”

潘有声之于胡蝶，就像冬日里温暖的太阳，这一生都恰到好处地散发着暖意。从相识相伴到相依相靠，彼此患难与共、同心同德。

如今生命中的挚爱离去，唯一的念想就是电影事业了。

拭去眼泪，胡蝶拍摄了《街童》《两个女性》《后门》等影片，并凭借《后门》中的出色表现，荣获亚洲电影节第一届最佳女主角，她也是中国第一个获得该奖项的女演员。

这一年，胡蝶已经 52 岁。

78 岁高龄，胡蝶再次获得台湾金马奖。

将民国最负盛名的电影明星胡蝶和阮玲玉相比较，会发现她们有太多的不同。有人说，阮玲玉不是一个标准意义上的明星，她的个性特点并不明显，相反她“演什么像什么”。与她相反，胡蝶就是一个个性鲜明的明星：她处世圆润，很传统地恪守中国传统女性的道德准则。生活中的胡蝶，参加各种商业、社交活动，报刊也经常报道她的一举一动，所以她更是一个标准意义上的巨星。

晚年，褪去巨星光环的胡蝶移居加拿大，改名潘宝娟，过着平静恬淡的低调生活。

1989 年 4 月 23 日，胡蝶病逝，享年 81 岁。

她留给世界的最后一句话充满了诗情画意：“胡蝶要飞走了。”

从此一代名伶化蝶而去，香消玉殒。

民国时期的上海风雨飘摇、浮躁喧嚣。处在时代大背景下的耀眼女明星，命运结局大多坎坷凄凉，如张织云、阮玲玉、周璇等，胡蝶是个例外。

一场热闹的繁华褪去，尘埃落定，站在原处的，只有翩翩起舞的胡蝶。

“一张明月似的面容，两点清浅梨窝，嘴角一扬就勾勒出一个迷离的笑容，在这若梦浮生中，一颔首，一回眸，整整魅惑了一个时代。”

有人说，你自己让自己幸福，是定律；别人让你幸福，那是概率。

相比民国其他女星，胡蝶“圆润、柔韧、独立、豁达，像一棵树，屹立于战乱年代缄默不语”。她能决定自己的命运，能主宰自己的爱情，不依附任何男人，活得大气、果敢、不屈不挠。

从年少时的“雪蝶解约案”、盛名时的“跳舞风波”，到中年时的“桃色纠纷”，每一个难关都能将人打下十八层地狱。可偏偏胡蝶泰然自若，坚韧强大，恣肆沉静，倔强恬淡，“历经世事变迁人情冷暖，在战火纷争的国度里努力生存，挨过了纸醉金迷的浮华生活，熬过了腥风血雨的政治风波，以自己特有的理性、宽厚、乐观和坚韧，活出了一片风轻云淡的诗意生活”。

晚年的胡蝶，尽管老了，但依然有着一对招牌式的酒窝，一颦一笑尽显雍容、雅致、高贵、大方。

经历过人生的大风大浪，她宠辱不惊，笑看风云，成为人生赢家。

图书在版编目（CIP）数据

不念过往，不畏将来 / 冷馨莹著. -- 北京：中国工人出版社, 2020.6
ISBN 978-7-5008-7408-9

Ⅰ. ①不… Ⅱ. ①冷… Ⅲ. ①散文集－中国－当代 Ⅳ. ①I267

中国版本图书馆CIP数据核字(2020)第082908号

不念过往，不畏将来

出 版 人	王娇萍
责任编辑	习艳群　冀　卓
责任印制	栾征宇
出版发行	中国工人出版社
地　　址	北京市东城区鼓楼外大街45号　邮编：100120
网　　址	http://www.wp-china.com
电　　话	（010）62005043（总编室） （010）62005039（印制管理中心） （010）82075935（职工教育分社）
发行热线	（010）62005996　（010）82029051
经　　销	各地书店
印　　刷	北京美图印务有限公司
开　　本	880毫米×1230毫米　1/32
印　　张	8.25
字　　数	180千字
版　　次	2020年7月第1版　2021年10月第2次印刷
定　　价	39.00元